Goosebumps®

Goosebumps®

Goosebumps®

雞皮疙瘩 35

鬼鋼琴

Piano Lessons Can Be Murder

R.L. 史坦恩（R.L.STINE）◎著

孫梅君◎譯

致台灣讀者

讀者們，請小心……

我是R・L・史坦恩，歡迎到「雞皮疙瘩」的可怕世界裡來。

你是否曾在深夜裡聽到過奇怪的嚎叫？你是否曾在黑暗中聽到腳步聲——卻根本看不到人？你是否見過神祕可怖的陰影，幽幽暗處有眼睛在窺視著你，或者身後有聲音叫你的名字？

如果是這樣，你應該了解那種奇特的發麻的感覺——那種給你一身雞皮疙瘩、被嚇呆的感覺。

在這些書裡，幽靈在閣樓上竊竊低語；膽顫心驚的孩子忽而隱形；稻草人活了，在田野裡走來走去；木偶和布娃娃也有生命，到處嚇人。

當然，這些都是磨礪心志的好玩的嚇人事。我希望你們感到害怕，同時也希望你們大笑。這都是想像出來的故事。當然，最可怕的地方在你們自己心裡。

過個害怕的一天吧！

R L Stine

出版緣起

人生從奇幻冒險開始

城邦媒體集團首席執行長 何飛鵬

我的八到十二歲是在《三劍客》、《基度山恩仇記》、《乞丐王子》中度過的。可是現在的小孩有更新奇的玩具、電玩、漫畫，以及迪士尼樂園等。

八到十二歲，正是孩子從字數極少、以圖畫爲主的繪本閱讀，跨越到漸漸以文字閱讀爲主的時期。也正是訓練孩子從圖像式思考，轉變成文字思考的重要階段。在這個階段，養成長期的文字閱讀習慣，能培養孩子敘事、分析、推理的邏輯思辨能力，奠定良好的寫作實力與數理學力基礎。

然而，現在的父母擔心，大環境造成了習於圖像、不擅思考、討厭文字的一代。什麼力量能讓孩子重回閱讀的懷抱呢？

全球銷售三億五千萬冊的「雞皮疙瘩」，正是爲了滿足此一年齡層的孩子的需求而誕生的！

無論是校園怪奇傳說、墓地探險、鬼屋驚魂，或是與木乃伊、外星人、幽靈、吸血鬼、殭屍、怪物、精靈、傀儡相遇過招，這些孩子們的腦袋裡經常出現的角色或想像，經由作者的生花妙筆，營造出一個個讓孩子們縱橫馳騁的魔幻時空、光怪陸離的神奇異界，經歷各種危急險難，最終卻又能安全地化險為夷。這樣的冒險犯難，無論男孩女孩，無不拍案稱奇、心怡神醉！

本系列作品被譯為三十二種語言版本，並在全球數十個國家出版，創下了出版史上多項的輝煌紀錄，廣受世界各地孩子的喜愛。作者史坦恩表示，這套作品之所以成功，是因為多年的兒童雜誌編輯工作，讓他對兒童心理和兒童閱讀需求有了深刻理解——他知道什麼能逗兒童發笑，什麼能使他們戰慄。

我們誠摯地希望臺灣的孩子也能和世界上其他的孩子一樣，有更豐富多元的閱讀選擇。更希望藉由這套融合驚險恐怖與滑稽幽默於一爐，情節緊湊又緊張的「雞皮疙瘩系列叢書」，重拾八到十二歲孩子的閱讀興趣，從而建立他們的閱讀習慣，擁有一個快樂學習的童年。

現在，我們一起繫好安全帶，放膽體驗前所未有的驚異奇航吧！

專文推薦

戰慄娛人的鬼故事

國立臺北教育大學語文與創作系兒童文學教授　廖卓成

這套書很適合愛看鬼故事的讀者。

文學的趣味不止一端，莞爾會心是趣味，熱鬧誇張是趣味，刺激驚悚也是趣味。有人擔心鬼故事助長迷信，其實古典小說中，也有志怪小說一類，《聊齋誌異》就有不少鬼故事。何況，這套書的作者開宗明義的說：「這都是想像出來的故事」，不必當眞。

既然恐怖電影可以看，看鬼故事似乎也無妨；考試的書讀久了，偶爾調劑一下，對頭腦卻是有益。當然，如果看鬼片會連續失眠，妨害日常生活，那就不宜勉強了。

雋永的文學作品，應該有深刻的內涵；但不少兒童文學作品說教有餘，趣味不足。只要有趣味，而且不是害人爲樂的惡趣，就是好的作品。鮑姆（Baum）在《綠野仙蹤》的序言裡，挑明了他寫書就是爲了娛樂讀者。

倒是內行的讀者，不妨考校一下自己的功力，留意這套書的敘事技巧，由主角「我」來講故事，有甚麼效果？書中衝突的設計與化解，是否意想不到又合情合理？能不能有不同的設計？會不會更好？這是另一種引人入勝之處。

導讀

結局只是另一場驚嚇的開始

耿一偉
臺北藝術節藝術總監
臺北藝術大學戲劇系兼任助理教授

不知道大家還記不記得，小時候玩遊戲，比如捉迷藏等，都會有一個人要當鬼。鬼在這個遊戲中很重要，沒有鬼來捉人，遊戲就不好玩。這些遊戲的關鍵特色，不是人要去消滅鬼，而是要去享受人被鬼追的刺激樂趣。所以當鬼捉到人後，不是遊戲就結束，而是下一個人要去當鬼。於是，當鬼反而是件苦差事，因為捉人沒有樂趣，恨不得趕快找人來替代。所以遊戲不能沒有鬼，不然這個遊戲就不好玩了。

在史坦恩的「雞皮疙瘩系列」中，這些鬼所扮演的角色也是類似遊戲中的鬼，給我帶來閱讀與想像的刺激。各位讀者如果留意一下，會發現在他的小說中，都有一個類似的現象，就是結局往往不是一個對抗式的終局，一種善惡誓不兩立，以消滅魔鬼為最終目標的故事——這比較是屬於成人恐怖片的模式，不是你死，就是人類全部變殭屍。但「雞皮疙瘩系列」中，你的雞皮疙瘩起來了，可是結尾的時候，鬼並不是死了，而是類似遊戲一樣，這些鬼換了另一種角色，而且有下一場遊戲又要繼續開始的感覺。

礙於閱讀的樂趣，我無法在此對故事結局說太多，但各位看完小說時，可以再回想我在這裡說的，就知道，「雞皮疙瘩系列」跟遊戲之間，的確有類似性。換另一個角度來看，這些主角大多爲青少年，他們在生活中碰到的問題，如搬家面對新環境、男生女生的尷尬期、霸凌、友誼等，都在故事過程一一碰觸。

「雞皮疙瘩系列」令人愛不釋手的原因，也在於表面上好像主角是鬼，但讀到一半，你會感覺到，故事的重點不知不覺地從這些鬼怪轉移到那些被追的青少年身上，鬼可不可怕不是重點，重點是被追的過程中，一些青少年生活中的苦悶，也被突顯放大，甚至在故事中被解決了。所以你會在某種程度感受到，這本書的內容是在講你，在講你的生活，在講你的世界，鬼的出現，只是把這些青春期的事件給激化了。

另一個有趣的現象，是從日常生活轉入魔幻世界的關鍵點，往往發生在父母不在身邊，然後主角闖入不熟識空間的時候——比如《魔血》是主角暫住到姑婆家、《吸血鬼的鬼氣》是闖入地下室的祕道、《我的新家是鬼屋》是新家的詭異房間……等等。

因爲誤闖這些空間，奇怪的靈異事件開始打斷平凡無趣的日常軌道，一段冒險展開了，一場你追我跑的遊戲開始進行，而父母們往往對此毫無所悉，不知道自己的兒女在故事結束時，已經有所變化，變得更負責任，更勇敢。

「雞皮疙瘩系列」的意義，也在這個地方。在平凡無奇充滿壓力的青春期校園生活中，有那麼多不快樂、有那麼多鬼怪現象在生活中困擾著我們，但這無法跟家長說，因爲他們不能理解，他們看不到我們看到的。但透過閱讀，透過想像力所引發的鬼捉人遊戲，這些不滿被發洩，這些被學校所壓抑的精力被釋放了。

幸好有這些鬼怪的陪伴，日子不再那麼無聊，世界可以靠自己的力量改變。終究，在青少年的世界裡，鬼怪並不是那麼可怕，在史坦恩的小說中，也往往會有主角最後拯救了這些鬼怪的情形，彷彿他們不是惡鬼，而比較像誤闖人類世界的外星人……這也是青少年的焦慮，他們正準備降臨成人世界，這件事讓他們起了雞皮疙瘩！！

這句英文怎麼說

我跟爸媽開了一個相當惡劣的玩笑。
I played a pretty mean joke on Mom and Dad.

1.

原本以爲我會討厭搬進新家，但事實上，我卻如魚得水。

我跟爸媽開了一個相當惡劣的玩笑。

當他們正在前廳忙著指揮搬家工人擺放東西時，我跑進屋裡探險，並在餐廳旁邊發現了一個非常棒的房間。

這個房間兩面都有大窗子，向著後院。陽光灑落進來，讓這房間比這棟老屋其他地方都明亮，也令人愉快得多。

這個房間將會是我們的新起居室，也就是放電視機、音響，或許還有乒乓球桌等東西的地方。但它現在是完全空著的，除了牆角那兩團灰撲撲的灰塵球之外。

這給了我一個靈感。

我暗自笑了起來，彎身用手把那兩個灰塵球捏出形狀，接著用一種非常驚恐的聲音喊道：「老鼠——老鼠！救命啊！有老鼠——」

爸爸、媽媽同時衝進房間，當他們看見那兩隻灰塵做的老鼠時，下巴差點掉到地上。

「老鼠！老鼠……」我繼續尖叫，還裝出很害怕的樣子，同時努力不讓自己笑出來。

媽媽只是站在房門口，嘴巴張得大大的。我真的覺得她的牙齒就要掉下來了！

爸爸總是比媽媽還緊張，他抓起一把靠在牆上的掃帚，衝進房間，猛打那可憐、毫無抵抗能力的灰塵老鼠。

這時，我早已笑得東倒西歪了。

爸爸瞪著黏在掃帚尾端的那團灰塵，終於意識到這是個玩笑。他一張臉漲得通紅，眼珠子就快從眼鏡後面爆出來了。

這句英文怎麼說

不要耍小聰明。
Don't be such a smart guy.

「非常有趣，傑洛姆，」媽媽翻翻白眼，冷靜的說。大家都叫我傑瑞，但是當媽媽對我不高興的時候，就會叫我傑洛姆。「當我和你爸爸都非常緊張、非常疲憊，忙著搬進這間屋子時，我們眞的要感謝你把我們嚇個半死。」

媽媽總是這樣，非常善於冷嘲熱諷。

我想，我的幽默感也許就是遺傳自她。

爸爸只是搔搔後腦勺那塊禿了的地方。

「它們看起來眞的很像老鼠。」他喃喃的說，並沒有生氣，而且已經習慣我的玩笑了。他們兩個都是。

「你爲什麼不能做出這個年紀該有的表現呢？」媽媽搖著頭問道。

「我有呀！」我理直氣壯的說。我是說，我才十二歲，也表現得像我的年紀呀。如果你在十二歲的時候不能對父母開開玩笑，找點樂子，那你什麼時候才可以呢？

「不要耍小聰明，」爸爸說，同時嚴厲的瞪我了一眼。「你知道這兒有很多事情要做，傑瑞。你可以幫幫忙。」

說完，他把掃帚朝我推來。

我舉起雙手，彷彿在阻擋什麼危險似的向後退了幾步。

「爸爸，你知道我會過敏的！」我喊道。

「對灰塵過敏嗎？」他問。

「不，是對工作過敏！」

我以爲爸媽會笑，但他們只是嘀咕幾聲，就快步走出房間。

「你至少可以看住邦克斯，」媽媽回頭對我喊道：「別讓牠接近搬家工人。」

「是，當然。」我喊了回去。

邦克斯是我們家的貓，而我絕不可能阻止牠做任何事！

我現在就可以告訴你，邦克斯並不是我最喜歡的家庭成員。事實上，我盡可能遠遠躲著牠。

沒人曾對這頭笨貓說過牠其實是隻寵物，相反的，我覺得邦克斯相信自己是一頭凶猛的吃人老虎，或者是一隻吸血蝙蝠。

牠最拿手的把戲就是爬到椅背或高架上，再張開爪子跳到你的肩膀上。我無

這句英文怎麼說

對工作過敏！
Allergic to work!

法告訴你我有多少件好T恤被牠這種把戲撕成碎片，而我又曾經流過多少鮮血。

總之，這隻貓壞透了——牠生性惡毒。

牠全身都是黑色的，只有額頭和一隻眼睛周圍有個白圈。爸媽都覺得牠棒極了，總會抱起牠、愛撫牠，說牠是多麼可愛。邦克斯通常會抓他們，將爸媽抓得皮破血流，但是他們從不曾記取教訓。

當我們要搬家時，我暗自希望他們別把邦克斯帶來。但是，事與願違。媽媽讓邦克斯第一個上車，就坐在我旁邊。

當然，這隻笨貓在後座嘔吐了。

有人聽說過貓也會暈車嗎？牠是故意這麼做的，因爲牠又壞、又惡毒。

不管怎樣，我不理會媽媽要我看著牠的要求。事實上，我溜進廚房，打開後門，暗自希望邦克斯或許會跑出去，接著走丟了。

我繼續探險。

我們原來的家很小，但是很新，這間屋子卻很舊，地板嘎吱作響，窗戶也搖搖晃晃的。當你從中走過，屋子似乎會發出呻吟。

儘管如此，它眞的很大。我發現各式各樣的小房間，還有深深的櫥櫃。樓上有個櫥櫃甚至跟我舊家的臥室一樣大！

我的新房間就在二樓走廊的盡頭，樓上另外還有三間房間和一間浴室。不曉得爸媽打算拿這些房間做什麼。

我決定提議把其中一間當作電動玩具室，我們可以在裡頭放一台寬螢幕電視，在上頭打電玩，一定會很正點。

當我籌劃著新電玩室，不禁覺得開心一些。我是說，搬進一間新屋子、一個新城鎮，並不是件容易的事。

我不是愛哭的小孩，卻必須承認當我們搬離西達維爾，特別是當我必須和朋友說再見時，我眞的很想哭。

尤其是史恩。

史恩是個很棒的傢伙，爸媽不是很喜歡他，因爲他有點吵，而且喜歡打嗝打得很大聲。但是，史恩是我最好的朋友。

我是說，他是我「過去」最好的朋友。

在新歌珊這兒，我沒有任何朋友。媽媽說，史恩夏天可以來我們這兒住幾個星期。她眞好心，尤其是她這麼討厭史恩的響嗝。

但這並不能眞的讓我開心起來。

探索這間新屋子讓我覺得好過一些。我決定把我隔壁的房間當作健身房，我們可以把那些在電視上展示、看起來很棒的運動器材全都擺進來。

搬家工人正把東西拖進我的房間，所以我不能進去。我拉開一扇以爲是櫥櫃的門，但出乎意料的是，我看見一道窄窄的木製樓梯，我猜那是通往閣樓的。

閣樓！

我從來沒住過有閣樓的房子。我打賭裡頭一定堆滿了各式各樣的舊東西，我暗自興奮的想著。

也許以前住在這兒的人把他們收藏的漫畫書全都留在上頭了——那可是價值千金的寶貝哩！

當我爬樓梯爬到一半時，聽見身後傳來爸爸的聲音。

這句英文怎麼說
但這並不能真的讓我開心起來。
But it didn't really cheer me up.

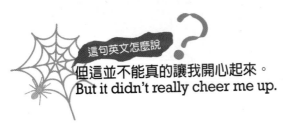

「傑瑞，你要上哪兒去？」

「上樓。」我回答。

這不是很明顯嗎？

「你不應該一個人爬到上頭。」他警告道。

「爲什麼不行？上頭有鬼還是什麼的？」我問道。

我聽見沉重的腳步聲踏在木頭階梯上，他跟著我上來了。

「這上頭好熱，」他一邊低聲咕噥，一邊調整鼻樑上的眼鏡。「好悶呀……」

他拉拉懸在天花板上的一條繩鏈，頭頂一盞燈亮了起來，在我們身上灑落昏黃的光線。

我快速掃視四周。這裡是一整間房間，狹長而低矮，天花板從屋頂左右兩側傾斜下來。我長得並不很高，但如果伸手往上，就能搆著天花板。

屋子兩端都有小小的圓形窗戶，上頭都覆蓋著灰塵，沒有多少光線透進來。

「是空的。」我感到十分失望，低聲抱怨。

「我們可以存放很多雜物在這兒。」爸爸環顧四周說道。

這句英文怎麼說

他們為什麼沒把它帶走？
Why did they leave this behind?

「嘿——那是什麼？」我看見有個東西靠在遠處的牆邊，立刻快步走過去。地板在我球鞋底下吱吱嘎嘎的響著。

我看見一張縫了襯墊的灰色布套罩在某個龐然大物上。

也許是某種藏寶箱。

從沒有人指摘過我的想像力不夠豐富。

我用雙手抓起那厚重的罩子，將它掀了開來。

爸爸站在我後面，我們瞪眼看著一架閃亮的黑色鋼琴。

「哇！」爸爸搔著頭頂的禿塊，訝異的盯著鋼琴，喃喃說道：「哇……他們爲什麼沒把它帶走？」

我聳聳肩。

「它看起來很新，」我說著用食指敲敲幾個琴鍵。「聲音不錯。」

爸爸也敲了幾個琴鍵。

「這是架很好的鋼琴，」他用手輕輕撫過琴鍵。「不知道爲什麼會被這樣藏在閣樓上頭……」

「這是個謎。」我同意道。

但我完全沒想到，這其實是多大的一個謎。

這天晚上我睡得不好，而且根本就無法入睡。

我睡在從舊家搬來的床上，但是它對著錯誤的方向，靠著不同的牆壁，隔壁人家後門廊的燈光又透過窗口照進來，窗戶被風吹得嘎嘎作響，還有好多詭異的陰影在天花板上搖來晃去。

我想，我永遠無法在這個新房間裡睡著了。

它太不一樣，太令人發毛，也太大了。

看來我的餘生都要醒著度過了！

我只是躺著，眼睛睜得老大，瞪著上方詭異的陰影。

當我正要放鬆、飄進夢鄉時，忽然聽見了音樂聲。

鋼琴的樂聲。

起初，我以爲那是從外頭飄進來的，但我很快就聽出它來自我的上方，來自閣樓！

這句英文怎麼說

他連半個音符都不會彈。
He can't play a note.

我坐直起來，側耳聆聽。

沒錯，是某種古典音樂，就從我的頭上方發出。

我踢開被單，雙腳踏上地板。

誰會深更半夜跑到閣樓上彈琴？

我納悶著。不可能是爸爸，他連半個音符都不會彈。媽媽則只會彈〈筷子歌〉，而且彈得不太好。

也許是邦克斯。

我對自己說。

接著我站起身來，側耳傾聽。樂聲持續著，非常輕柔，但每一個音符我都聽得很清楚。

我走向門口，腳趾頭一不小心踢到一個還沒拆開的紙箱。

「噢！」我喊出聲來，抓住腳丫跳來跳去，直到疼痛消褪。

我知道爸媽聽不見我的聲音，他們的房間在樓下。

我屏住呼吸，仔細聆聽，仍然聽得見頂上傳來的琴聲。

於是，我慢慢的、小心的走著，踏出房門，進入走廊。地板在我的光腳下嘎吱作響，而且好冷。

我拉開通往閣樓的門，傾身到一片黑暗中。

樂聲飄洩而下，是種悲傷的音樂，很緩慢、很輕柔。

「是、是誰……誰在上面？」我結結巴巴的問。

這句英文怎麼說

那旋律是如此悲傷，如此緩慢。
The melody was so sad, so slow.

2.

悲傷的音樂持續著，從黑暗、狹窄的樓梯飄下來，縈繞在我身邊。

「是誰在上頭？」我又問了一遍，聲音有點顫抖。

還是沒有任何回答。

我傾身到黑暗中，往閣樓上頭凝視。

「媽，是妳嗎？爸？」

沒有一絲回答。那旋律是如此悲傷，如此緩慢。

在我明白自己做什麼之前，我已經爬上樓梯了，階梯在我的赤腳底下大聲呻吟著。

當我爬到樓梯頂端，空氣變得又悶又熱。我踏進黑暗的閣樓中。

此刻鋼琴樂聲環繞著我，音符似乎從四面八方同時湧來。

「是誰？」我用又高又尖的聲音詢問，感到有點害怕。「是誰在那兒？」

某個東西拂過我的臉頰，嚇得我幾乎從皮囊中跳了出來。

過了好一段驚悚的時刻，我才明白那是電燈的拉繩。

我扯了扯它，昏黃的燈光灑落狹長的房間。

樂聲霎時停止了。

「是誰在那兒？」我一邊喊道，一邊眯著眼睛朝遠處牆邊的鋼琴望去。

空無一人。沒人在那兒，沒人坐在鋼琴前面，一片寂靜。

我耳中只聽見自己走向鋼琴時，地板在腳下發出的嘎吱聲。我盯著鋼琴，望著琴鍵。

我不知道自己期待看見什麼。可能是「某個人」在彈鋼琴，「某個人」一直在彈琴，直到電燈亮起的那一秒鐘。

但……這人上哪兒去了？

我伏低身子，搜索鋼琴底下。

這句英文怎麼說

我不知道自己期待看見什麼。
I didn't know what I expected to see.

我知道這聽起來很蠢，但是我沒辦法清楚思考，心臟跳得好猛，種種瘋狂的念頭在我腦海中旋轉不停。

緊接著，我傾身靠向鋼琴，檢視著琴鍵。我想，這或許是那種會自動演奏的老式鋼琴。自動鋼琴——你知道，就是有時會在卡通裡頭看見的那種。

但是它看起來像是普通的鋼琴，我看不出有任何特別之處。

我在琴凳上坐了下來，卻隨即跳了起來。

鋼琴凳子是溫熱的！彷彿剛剛有人坐過似的。

「哇！」我喊了出來，瞪眼看著閃亮的黑色琴凳。

我伸出手來摸了摸它——絕對是溫熱的。

但是我提醒自己，這整間閣樓真的很熱，比屋子裡其他地方都熱得多。熱氣似乎會飄上來，停留在這裡。

我又坐了回去，等待狂跳的心臟恢復正常。

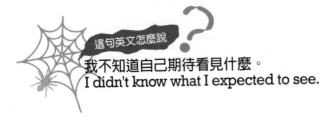

這究竟是怎麼回事？

我問自己，又轉頭凝視那架鋼琴。黑色的木頭打磨得好光滑，我看見自己臉孔的倒影回瞪著我，倒影看起來很驚恐。

我垂下視線，看著鍵盤，輕輕彈了幾個音符。

有人幾分鐘前才彈過這架鋼琴，但他怎麼可能就這樣消失得無影無蹤，連個影子也沒有。

我又敲下一個音符，接著又一個，琴音在空曠、狹長的閣樓裡迴響著。

接著，我聽見響亮的嘎吱聲，是從樓梯底下傳來的。

我嚇呆了，手仍停留在琴鍵上。

又一聲嘎吱聲響——是腳步聲。

我站起身來，驚訝地發現自己的腿抖個不停。

我側耳聆聽，聽得好專心，就連空氣的流動也聽得見。

又是一聲腳步聲，而且更大聲一些，也更近了。

樓梯上有人，而且正爬上閣樓。

有人上來找我了！

這句英文怎麼說

樓梯上有人。
Someone was on the stairs.

3.

嘎吱，嘎吱……

樓梯在沉重的腳步下凹陷下去，我的氣息梗在喉嚨裡，覺得自己彷彿快要窒息了。

我僵立在鋼琴前，想找個地方躲起來。但是當然找不到。

嘎吱，嘎吱……

就在我驚恐的注視下，一顆腦袋從樓梯頂上冒了出來。

「爸爸！」我喊道。

「傑瑞，你在這上頭做什麼呀？」爸爸踏進昏黃的燈光中，他日漸稀疏的棕色頭髮在頭頂上到處豎立，睡褲歪扭不整，一條褲腿捲到膝蓋上。而且他沒戴眼

鏡，瞇著眼睛看著我。

「爸爸……我……我以爲……」我氣急敗壞的說。我知道自己聽起來像個大蠢蛋，但是幫幫忙——我真的是嚇壞了！

「你知道現在幾點了嗎？」爸爸生氣的質問。他瞄瞄手腕，但是他沒戴手錶。

「現在是深更半夜耶，傑瑞！」

「我……我知道，爸爸，」我漸漸覺得好過一些，向他走去。「我聽見鋼琴聲，你瞧。所以我想……」

「你『什麼』？」他深色的眼睛睜得老大，嘴巴也張得開開的。「你聽見『什麼』？」

「鋼琴聲，」我重複一次。「從這上頭發出的，所以我上樓來看看……」

「傑瑞！」爸爸發怒道，一張臉漲得通紅。「現在開這愚蠢的玩笑未免太晚了！」

「但是，爸爸——」我開口準備抗議。

「你媽和我整天忙著拆箱、搬家具，累得半死……」爸爸疲憊的嘆了口氣，

這句英文怎麼說

我沒心情開玩笑。
I am in no mood for jokes.

又說：「我們兩個都精疲力盡了，傑瑞。我應該不需要告訴你我沒心情開玩笑，明天一早還得去上班，我需要一些睡眠。」

「對不起，爸爸。」我靜靜的說。

我看的出來，我絕對沒辦法讓他相信關於鋼琴樂聲的事。

「我知道你搬到新家很興奮，」爸爸說，同時把手放在我穿著睡衣的肩膀上。

「但是拜託，快回房去吧，你也需要睡一會兒覺。」

我回頭望望那架鋼琴，它在昏黃的燈光下閃著幽暗的微光，彷彿在呼吸，像是活的一般。

我想像它突然朝我衝了過來，追我到樓梯口。

眞是瘋狂的奇異想法，我猜自己比想像中還要累！

「你想學鋼琴嗎？」爸爸突然問我。

「什麼？」我對他的問題毫無心理準備。

「你想上鋼琴課嗎？我們可以把這架鋼琴搬到樓下，起居室有位置可以擺。」

「嗯……也許，」我回道，「好呀，那可能很正點。」

他的手從我肩膀上移開，拉了拉睡衣的下襬，走下樓梯。

「我會跟你媽媽商量，相信她一定會很高興的，她一直希望家裡有人會音樂。關掉電燈，好嗎？」

我順從的伸手拉熄了電燈，突如其來的黑暗是如此深刻，讓我嚇了一跳。我緊緊跟在爸爸身後，走下嘎吱作響的樓梯。

回到床上後，我把被單拉到下巴。

我的房間有點冷，外頭冬日的寒風颳得很強勁，臥室的窗戶被吹得搖搖晃晃、啪啪作響，彷彿在顫抖似的。

鋼琴課也許會很有趣。

如果他們讓我彈奏搖滾鋼琴，而不是那種軟綿綿的無聊古典玩意兒。

上了幾堂課後，也許我就可以買台合成器，再弄兩、三組不同的鍵盤，連接在電腦上。之後我就可以作些曲子，也許還可以組個樂團。

好耶——似乎真的會很棒。

我閉上眼睛。

窗子又被吹響了，這棟老房子似乎在呻吟。

我會習慣這些噪音的。

我對自己說。

也會習慣這棟老房子。再過幾個晚上，我甚至就聽不見這些噪音了。

當我正要飄進夢鄉時，我聽見輕柔、悲傷的鋼琴聲又響了起來。

這句英文怎麼說

鋼琴課也許會很有趣。

Piano lessons might be fun.

4.

星期一早晨，我一大早就醒來了。雖然我那有著會動的尾巴和眼睛的小貓時鐘還沒拆封，但我從臥室窗口透進來的暗灰光線看出時間還早。

我很快地穿衣，套上一條乾淨的褪色牛仔褲，和一件不是太皺的深綠色套頭襯衫。這是我上新學校的第一天，所以十分興奮。

我花了比平時多些的時間來梳理頭髮。我的頭髮是棕色的，又粗又硬，花了好些時間才把它們弄整齊，以及我喜歡的平順樣子。

當我終於弄好頭髮，我穿過走廊，來到前面的樓梯。

這時屋子仍是一片寂靜、黑暗，我在閣樓門外停了下來，門是大開的。

我昨天跟爸爸下樓時沒關門嗎？

這句英文怎麼說

我花了比平時多些的時間來梳理頭髮。

I spent more time on my hair than I usually do.

關了！我記得把它緊緊關上了。但是現在，它卻在那兒——敞開著。

我感到頸背上竄起一陣寒意。我關上門，它發出「喀」的一聲。

傑瑞，放輕鬆點，也許門閂是鬆的、閣樓的門老是會盪開。

這是棟老房子，記得嗎？

我一直想著鋼琴樂聲。

也許是風吹過琴弦……我對自己說。

或許閣樓的窗戶上有個破洞或什麼的，風從那兒吹進來，聽起來彷彿像在彈奏鋼琴似的。

我想要相信是風弄出那緩慢、悲傷的音樂。我想要相信，所以就信了。

我又檢查一次閣樓的門，確定它拴好了，便下樓走向廚房。

媽媽和爸爸還在他們的房間裡，我聽見他們在穿衣服的聲響。

廚房裡很陰暗，還有點冷。我想要打開暖爐，但不知道開關在哪兒。

我們的廚房用品還沒全部拆封，紙箱都堆在牆邊，裡頭裝滿了杯子、盤子等東西。

我聽見有人走過走廊。

冰箱旁邊一個大大的空紙箱給了我靈感，於是我一邊竊笑，一邊跳進紙箱裡，把箱蓋拉到頭上。

我屏住呼吸等待著。

腳步聲來到了廚房，我無法判斷那是爸爸還是媽媽的。

我的心臟怦怦直跳，繼續憋著氣。如果不這樣，我知道自己會爆出笑聲。

腳步聲經過我的紙箱旁邊，往水槽走去。我聽見水在流，那人在水壺裡裝水，接著走向爐子。

我再也等不及了。

「哇啊——」我放聲大叫，從紙箱裡跳了出來。

爸爸驚叫一聲，摔落了水壺。水壺砰的一聲砸在他的腳上，歪倒在地。

水在爸爸腳邊漫開，水壺則往爐邊滾去。爸爸大喊大叫，抓住他被砸到的那隻腳，不停的跳來跳去。

我像瘋子似的狂笑著。你眞該看看當我從紙箱裡跳出來時，爸爸臉上的表

這句英文怎麼說

我屏住呼吸等待著。
I held my breath and waited.

情。我真的以爲他的下巴就要掉下來了！

媽媽一邊衝進廚房，一邊還在扣著袖釦。

「怎麼回事？」她喊道。

「還不是傑瑞和他愚蠢的玩笑。」爸爸忿忿的說。

「傑洛姆！」媽媽看見潑灑在地上的水，大聲喊道：「饒了我們吧！」

「我只是想幫你們清醒過來。」我咧嘴一笑，說道。他們很愛爲此抱怨，卻也已經習慣我變態的幽默感。

那天晚上，我又聽見鋼琴聲了。

而且絕對不是風，我認得同樣的悲傷曲調。

我聆聽了一會兒，它來自我房間的正上方。

是誰在上頭？會是誰在彈琴？

我想要起床一探究竟，但是房裡很冷，到新學校上課的頭一天又讓我感到十分疲累。

於是我把被子拉到頭上，掩蓋住鋼琴的樂聲，很快就入睡了。

「妳昨晚聽見琴聲了嗎？」我問媽媽。

「吃你的玉米片。」她回答，拉緊睡袍的腰帶，從廚房餐桌上向我傾身過來。

「為什麼我非得吃玉米片不可？」我一面嘟囔，一面用湯匙攪著碗裡的東西。

「你知道規矩，」她皺著眉說，「只有週末才可以吃垃圾穀片。」

「愚蠢的規矩，」我低聲咕噥著，「我覺得玉米片才是垃圾穀片。」

「你別煩我，」媽媽揉著太陽穴抱怨道：「我今天早晨頭疼得很。」

「是因為昨晚的鋼琴聲嗎？」我問道。

「什麼鋼琴聲？」她焦躁的質問，「你幹嘛老是提什麼鋼琴聲呀？」

「妳沒聽見嗎？閣樓裡的那架鋼琴，昨晚有人在彈它。」

她跳了起來。「噢，傑瑞，拜託你，今天早晨別開玩笑了好嗎？我跟你說過我頭疼。」

「你們是在談鋼琴的事嗎？」爸爸拿著報紙，走進廚房。「工人下午會來把

這句英文怎麼說

你真的對鋼琴有興趣嗎？
Are you really interested in this piano?

它搬到起居室。」

他對我笑了笑，又說：「操練、操練你的手指吧，傑瑞。」

媽媽走到廚台旁邊，給自己倒了杯咖啡。

「你真的對鋼琴有興趣嗎？」她一臉懷疑的看著我問：「你真的會努力練習嗎？」

「當然啦，」我回答：「或許吧。」

當我放學回家時，兩名鋼琴搬運工已經來了。

他們並不十分高大，但卻很強壯。

我爬上閣樓去看他們，媽媽則把一些紙箱拖出起居室，騰出位置準備擺放鋼琴。

那兩人使用繩索，還有一種特殊的輪車；他們把鋼琴歪倒過來，抬上輪車。

要把鋼琴抬下狹窄的樓梯真的很不容易，雖然他們搬得很慢、很小心，卻還是在牆上撞了幾下。

當他們終於把鋼琴搬下樓，兩位搬運工人都面紅耳赤、滿頭大汗。他們把鋼琴推過客廳，再穿過飯廳，我一直跟在後面。

媽媽從廚房出來，雙手插在牛仔褲袋裡，站在門口看著他們用輪車把鋼琴推進起居室。

工人使勁把鋼琴扶正，那光滑的黑色木頭，在起居室窗口透進來的午後陽光中閃閃發光。

當他們正要把鋼琴抬下輪車時，媽媽張大嘴巴尖叫出聲。

這句英文怎麼說

鋼琴沉重地落在地板上。
The piano thudded heavily to the floor.

5.

「貓咪！貓咪——」媽媽尖聲叫道，臉孔因緊張而扭曲著。

沒錯，邦克斯正不偏不倚的站在他們要放下鋼琴的地方。

鋼琴沉重地落在地板上，邦克斯及時跑掉了。

太可惜了！

我搖了搖頭想著。

這隻蠢貓差一點就壽終正寢了。

搬運工人用紅白相間的花手帕擦拭額頭，一邊想要喘過氣來，一邊道著歉。

媽媽奔向邦克斯，把牠抱了起來。

「我可憐的小貓咪。」

邦克斯照例猛抓媽媽的手臂，爪子扯斷她毛衣袖子上的好幾根線。媽媽放手讓牠落回地上，那畜生很快的竄出了房間。

「牠剛剛來到新房子，所以有點兒反常。」媽媽對那兩個工人說。

「牠一向都是這樣。」我對他們說。

幾分鐘後，搬運工人走了。媽媽回到她的房間，想要修補毛衣。

起居室裡只剩下我和那架鋼琴。

我坐在琴凳上，滑過來溜過去。那琴凳打磨得很光滑，眞的很滑溜。

我設計了一個非常滑稽的搞笑把戲——我坐下來彈琴給爸媽聽，但是琴凳太滑溜了，我老是滑落到地板上。

我練習滑下、摔倒，練了好一會兒，玩得挺開心的。

摔跤是我最愛的把戲之一，它並不像看起來那麼容易。

過了一會兒，我摔跤摔膩了，就坐在琴凳上凝視著琴鍵。我想要彈出一首歌曲，不斷的敲著琴鍵，直到找到正確的音符。

我漸漸對學習彈琴感到興奮，想像那一定會很有趣。

這句英文怎麼說

我想像那一定會很有趣。
I imaged it was going to be fun.

但是我錯了——而且大錯特錯。

星期六下午，我站在客廳的窗邊，凝視著窗外。這天天氣陰沉沉的，還颳著大風，看來像是要下雪了。

我看見鋼琴老師走上車道。現在是兩點整，他非常準時。

我把臉頰貼在窗上，瞧出他長得很高大，有點兒胖。他穿著一件寬鬆的紅色長大衣，有著茂密的白髮。從這個距離望去，他看起來有點像聖誕老公公。

他走路十分僵直，膝蓋似乎不太好，我猜是有關節炎或什麼的。

爸爸是在「新歌珊日報」背面一則小廣告上找到他的名字，他拿給我看，上頭寫著：

史瑞克學校

新式鋼琴教學法

由於這是報上唯一教授鋼琴的廣告，於是爸爸打了電話。

現在，爸媽在門口迎接這位老師，接過他厚重的紅外套。

「傑瑞，這是史瑞克博士。」爸爸說道，招手要我從窗口這兒過去。

史瑞克博士對我微笑。「哈囉，傑瑞。」

他看起來眞的很像聖誕老公公，只是他留著白色的髭鬚，而不是大鬍子。此外，他有張紅潤的圓臉，掛著友善的微笑，在招呼我的時候，藍色的眼睛似乎閃爍著光芒。

他穿著一件白襯衫，還有一條寬鬆的灰長褲，襯衫快要從大肚皮周圍鬆脫出來。我上前幾步，跟他握手。他的手也很紅潤，軟綿綿的。

「很高興認識您，史瑞克博士。」我禮貌的說。

爸媽相視而笑。當我表現得有禮貌時，他們總是覺得難以置信。

史瑞克博士把他軟綿綿的手搭在我肩上。「我知道我有個滑稽的名字，」他咯咯笑著說：「也許我應該改個名字，但是，你必須承認，它眞的能令人印象深刻。」

我們全都笑了起來。

史瑞克博士的表情轉爲嚴肅。

我知道我有個滑稽的名字。
I know I have a funny name.

「你以前曾經彈奏過樂器嗎？傑瑞。」

我想了半天，回道：「嗯，我曾經有支玩具笛子！」

每個人又都笑了起來。

「鋼琴要比玩具笛子難上一些，」史瑞克博士還在咯咯笑著，說道：「讓我看看你的鋼琴。」

我領著他穿過飯廳，來到起居室。他走路很僵硬，但這似乎並沒有減緩他的行動。

爸媽向史瑞克博士告退，消失在樓上，繼續去拆那些箱子。

史瑞克博士端詳著琴鍵，接著掀開後面的琴蓋，檢視著琴弦。

「非常好的樂器，」他低聲說道：「非常好。」

「是我們在這兒發現的。」我對他說。

他的嘴巴驚訝的張成一個小小的「O」字。

「是你們發現的？」

「在閣樓上，有人把它留在那兒。」我說。

「眞是奇了，」他撫摸著短胖的下巴回道，一邊凝視著琴鍵，一邊扯著自己白色的小鬍子，輕聲問道：「你難道不好奇在你之前，是什麼人彈過這架鋼琴？不會好奇誰的手指碰觸過這些琴鍵？」

「嗯……」我眞的不知道該說什麼。

「眞是個謎呀。」他像耳語般的說著，示意我坐在琴凳上。

我很想使出那招搞笑動作，當場滑到地板上。但是我決定等跟他更熟一點再說。他似乎是個和善快活的傢伙，我不想讓他覺得我並非認眞想學鋼琴。

他一屁股在我身旁的琴凳上坐了下來。因爲他的身材太「寬」了，凳子簡直容納不下我們兩個。

「你會每個禮拜來我家給我上課嗎？」我問道，而且盡可能挪得遠些，讓些空間出來。

「一開始我會到你家上課，」他回道，藍色的眼睛對著我閃閃發光，「接下來，如果你展現潛力的話，傑瑞，你可以到我的學校來。」

我正要開口說些什麼，但是他突然抓起我的手。

這句英文怎麼說

一開始我會到你家上課。

I'll give you lessons at home at first.

「讓我瞧瞧。」他把我的雙手舉到面前，翻過我的手掌，檢視正反兩面，再仔細端詳我的手指。

「多漂亮的手呀！」他屏息喊道：「好棒的手！」

我朝下盯著自己的手。在我看來它們並沒有什麼特別，只是普通的手罷了。

「很棒的手。」史瑞克博士又說了一次，小心的將它們放在琴鍵上。他爲我指出每個音符，從「C」開始，教我用正確的指法去彈奏各個音符。

「我們下個禮拜正式開始，」他吃力地從琴凳上站了起來，「我今天只是想來見見你。」

他翻著靠在牆邊的一個小袋子，抽出一本練習簿，遞給了我。上頭的標題是「鋼琴入門：實際動手彈」。

「先看看這個，傑瑞，試著記住第二頁和第三頁上的音符。」他往他的大衣走去，爸爸把它掛在沙發椅背上。

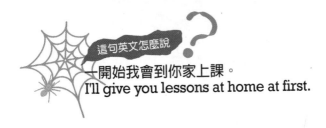

「下週六見。」我說道。

這堂課這麼快就結束了，我感到有些失望。我還以爲自己可以學會幾段很棒的搖滾樂曲呢。

他穿上大衣後，走回我坐著的地方。

「我想你會是個很優秀的學生，傑瑞。」他微笑著說。

我低聲道謝，很訝異的注意到他的眼睛盯著我的雙手。

「太棒了，太棒了。」他喃喃說道。

我突然感到一陣寒意，可能是因爲他臉上飢渴的表情。

我的手到底有何特別之處呢？他爲什麼這麼中意它？

好詭異喔……眞的很詭異。

但是，我當時並未意識到竟會是那麼的詭異……

這句英文怎麼說

那麼我何時才能開始彈奏搖滾樂呢？
So when can I start playing some rock and roll?

6.

多——萊——米——發——梭——拉——西——多。

我練習著鋼琴課本第二、第三頁上的音符。這本書上寫著哪個音符要用哪根手指來彈，還有所有的東西。

很簡單嘛。

那麼我何時才能開始彈奏搖滾樂呢？

當媽媽從地下室鑽出來，把頭探進起居室時，我還在摸索著音符。

她的頭髮從頭上綁著的大花手帕中鬆脫出來，額頭上還沾著些污漬。

「史瑞克博士已經走了嗎？」她訝異的問。

「是呀，他說今天只是想見見我，下星期六會再來。他說我有一雙很棒的手。」

「是嗎？」她拂開眼睛前面的頭髮。「那好，也許你可以到地下室來，用你那雙很棒的手幫我們拆些箱子。」

「噢，不！」我一面喊道，一面從鋼琴凳子上滑下來，摔在地板上。

但是媽媽並沒有笑。

那天晚上，我又聽見鋼琴聲了。

我從床上坐直起來，側耳傾聽。音樂聲是從樓下飄上來的。

我爬下床，光腳下的地板很冰冷。我房裡應該有地毯的，但是爸爸還沒來得及把它鋪上。

屋子裡一片寂靜，透過臥室的窗戶，我看見細雪從天空飄落，輕柔纖細的雪花在漆黑的夜色中映成灰色。

「有人在彈鋼琴。」我大聲說道，卻被自己充滿睡意的嘶啞聲音嚇了一跳。

「有人在樓下彈我的鋼琴。」

爸媽一定也聽見了。

這句英文怎麼說

有人在樓下彈我的鋼琴。
Someone is downstairs playing my piano.

他們的房間在屋子的另一頭，但卻是在樓下。他們一定聽見了！

我悄悄走到臥室門口，還是那首緩慢、哀傷的旋律。

晚飯前我還哼著它，媽媽問我是打哪兒聽來的，但我想不起來。

我倚著門框聆聽，一顆心怦怦直跳。那樂聲如此清晰的飄上來，每個音符我都聽得一清二楚。

是誰在彈琴？究竟是誰？

我一定得找到答案。

我用手扶著牆壁，快步走過黑暗的走廊。樓梯口旁邊有一盞夜燈，但我總是忘記打開它。

我走到樓梯口，緊緊抓著木製扶手，一步一步悄悄的走下樓梯，盡可能不發出聲音。

可別把彈琴的人嚇跑了。

木製階梯在我的體重下輕輕的嘎吱作響，但是那樂聲持續著，輕柔而哀傷，幾乎像是在悲泣。

我屏住呼吸，躡手躡腳的穿過客廳。一盞街燈在地板上灑落昏黃的幽光，透過寬闊的前窗，我可以看見纖細的雪花飄落下來。

我差點被茶几旁邊一個裝著花瓶的未拆封紙箱給絆倒，幸好我抓住了沙發椅背，才沒有摔倒。

音樂聲停了一下，接著又響了起來。

我斜靠在沙發上，等待心臟不再跳得那麼厲害。

爸爸、媽媽在哪兒？

我一邊納悶著，一邊往後面走廊、他們房間所在的方向望去。

他們難道聽不見琴聲？不好奇嗎？難道他們不想知道是誰三更半夜在起居室彈奏這樣悲傷的曲調？

我深吸一口氣，強迫自己離開沙發，慢慢的、悄無聲息的穿過飯廳。

後面這兒更暗了，沒有來自街上的燈光照明。我小心翼翼的移動著，留意著可能會絆倒我的每張椅子和桌腳。

起居室的門離我前方只有幾呎遠，音樂聲更響了。

這句英文怎麼說

他們不好奇嗎？
Aren't they curious?

我上前一步，再一步……

我走到開著的門口。

是誰？究竟是誰？

我往黑暗中凝視。

但是在我能看清楚之前，有人在我背後發出一聲可怕的尖叫，同時重重的推我一把，將我推倒在地。

7.

我的膝蓋和手肘著地，重重摔在地上。

接著又是一聲尖叫——就在我耳邊。

我的肩膀陣陣抽痛。

這時電燈亮了。

「邦克斯！」我吼道。

這隻笨貓從我肩上跳開，快步溜出房間。

「傑瑞——你到底在做什麼呀？這是怎麼回事？」媽媽跑進房間，氣沖沖的質問我。

「這鬧烘烘的是怎麼回事呀？」爸爸緊跟在她後面，他沒戴眼鏡，吃力的瞇

這句英文怎麼說

我的肩膀陣陣抽痛。
My shoulders throbbed with pain.

著眼睛。

「邦克斯跳到我身上！」我仍然趴在地上，尖聲喊道：「噢！我的肩膀……那隻笨貓！」

「但是，傑瑞——」媽媽彎腰把我拉起來，開口說道。

「那隻蠢貓！」我怒氣沖沖的說：「牠從架子上跳下來，把我嚇個半死。還有，你們看——我的睡衣！」

貓爪正好撕裂了睡衣的肩膀。

「抓傷你了？你流血了嗎？」媽媽一面問，一面拉下睡衣的領口，檢查我的肩膀。

「我們眞得處理一下這隻貓了，」爸爸低聲咕噥，「傑瑞說的沒錯，牠是個危險份子。」

媽媽立刻挺身爲邦克斯辯護。

「牠只是嚇著了，如此而已。牠或許以爲傑瑞是個小偷。」

「小偷？」我尖叫的聲音如此之高，大概只有狗才能聽見。「牠怎麼可能以爲我是小偷？貓不是能在黑暗中看見東西嗎？」

「那你又是在樓下做什麼？傑瑞。」媽媽整理好我的睡衣領口，拍拍我的肩膀，好像那會有幫助似的。

「是呀，你偷偷摸摸的躲在樓下做什麼？」爸爸費勁的瞇著眼睛看我，並質問道。他不戴眼鏡幾乎什麼都看不見。

「我才沒有偷偷摸摸，」我生氣的回答：「我聽見鋼琴聲，然後……」

「你『什麼』？」媽媽打斷我。

「我聽見起居室裡傳出鋼琴聲，所以下樓來看是誰在彈琴。」

爸媽一起瞪眼看我，好像我是個火星人似的。

「你們沒聽見嗎？」我喊道。

他們搖搖頭。

我轉向鋼琴——沒人在那兒，當然。

我快步走到琴凳前面，彎下腰來，用手摸了摸椅面。

是溫熱的。

這句英文怎麼說

是誰在彈琴？
Who was playing?

「剛才有人坐在這兒，我敢確定！」我喊道。

「這不好玩。」媽媽做了個怪臉說道。

「一點也不好玩，傑瑞，」爸爸也附和，並指控我：「你跑來這兒是爲了要惡作劇，是不是？」

「什麼？我？」

「別裝無辜，傑洛姆，」媽媽翻翻白眼說：「我們太了解你了，你從來都不是無辜的。」

「我不是在惡作劇！」我憤怒的喊道：「我聽見音樂聲，有人在彈琴——」

「誰？」爸爸質問，「是誰在彈琴？」

「也許是邦克斯。」媽媽開玩笑的說。

爸爸笑了起來，但是我沒笑。

「你這回的惡作劇內容是什麼？傑瑞，你打算搞什麼把戲？」爸爸問道。

「你不會打算在這架鋼琴上做什麼手腳吧？」媽媽狠狠的盯著我，我甚至可以感覺到她銳利的目光。「這是架貴重的樂器，你知道的。」

我疲憊的嘆了口氣，忽然感到好挫敗，眞想要大喊、尖叫、大吵大鬧，或許還要痛揍他們兩個。

「這鋼琴有鬼！」我喊道。

這幾個字才剛剛跳進我的腦袋。

「什麼？」現在換成爸爸瞪著我了。

「它一定是著魔了！」我堅持道，聲音在顫抖。「它不停地演奏——但是又沒人在彈！」

「我聽夠了，」媽媽搖搖頭，低聲咕噥道：「我要回去睡覺了。」

「鬧鬼嗎？嗯？」爸爸問道，若有所思的撫摸著下巴。他走向我，低下頭來——當他想要說出什麼嚴肅的話時總會這樣。「你聽我說，傑瑞，我知道這棟房子或許看來很老舊，甚至有點嚇人，我也知道離開你的朋友搬到這兒來，對你是多麼不容易。」

「爸爸，拜託……」我打斷他。

但他還是往下說。

這句英文怎麼說

這鋼琴有鬼。
The piano is haunted.

「這棟房子只是很舊，傑瑞。老舊、而且有點年久失修，但這並不表示它就有鬼。那些你所謂的鬼——你明白嗎？它們其實只是你的恐懼顯現出來罷了。」

爸爸在大學的時候主修心理學。

「省省你的說教吧，爸爸，」我對他說，「我要去睡了。」

「好吧，傑瑞，」他拍拍我的肩膀，「記住——不出幾個禮拜，你就會知道我是對的。幾個星期後，你就會覺得鬧鬼這檔事簡直可笑至極。」

老天，他可真是錯得離譜了。

我砰的一聲關上鎖櫃，套上夾克。校園的長廊裡迴盪著笑聲、摔上鎖櫃的聲音，還有喊叫聲。

走廊在週五的午後總是特別喧鬧。

一週的課程結束了，週末即將來臨。

「噢，那是什麼味道呀？」我露出作噁的表情喊道。

我身旁有個女孩正跪在地上，扒搜著她鎖櫃前面地上的一堆垃圾。

「我才在納悶那顆蘋果跑到哪兒去了呢！」她喊道。

她站起身來，手裡拿著一顆乾枯的褐色蘋果。一股酸氣直衝入我的鼻孔，我想我要吐出來了！

我一定是做了個滑稽的表情，因爲她爆笑了起來。

「餓了嗎？」她把那個噁心的蘋果拿到我面前。

「不，謝了。」我把它推了回去。「妳留著自己享用吧。」

她又笑了起來。這個女孩長得滿漂亮的，留著長長的黑色直髮，還有一對綠色的眼睛。

她把那顆爛蘋果放回地上。

「你是那個新來的學生，對不對？」她問道，「我叫金，金麗琴。」

「嗨，」我告訴她我的名字，並對她說：「我們數學課在同一班，還有科學也是。」

她轉向她的鎖櫃，繼續找東西。

「我知道，」她回答，「我看見當克萊女士喊你的時候，你從椅子上跌了下

這句英文怎麼說

我那只是搞笑的。
I just did that to be funny.

來。」

「我那只是搞笑的，」我趕緊解釋：「並不是眞的跌倒。」

「我知道。」她說，並將一件厚重的灰毛衣罩在身上的薄毛衣上，再彎下腰，從櫃子裡取出一個黑色的小提琴盒。

「那是妳午餐的便當盒嗎？」我開玩笑道。

「我的小提琴課要遲到了。」她回道，摔上鎖櫃的門，努力要把掛鎖扣上。

「我正在學鋼琴，」我對她說，「嗯，我是說我剛開始學。」

「你知道嗎？我住在你家對面，」她調整著肩上的背包說：「我看見你們搬進來。」

「眞的嗎？」我訝異的回答。「那……或許妳可以到我家來，我們一起演奏，我是說，一起彈奏樂器。妳知道，我每個週末都跟史瑞克博士學鋼琴。」

她的嘴巴嚇得突然張開，瞪眼看著我。

「你說你『什麼』？」她喊道。

「跟史瑞克博士學鋼琴呀。」我重複一次。

「噢！」她輕輕喊了一聲，轉身朝大門跑去。

「嘿，金——」我在她後面喊著：「金——妳怎麼了？」

但她已經消失在門外了。

這句英文怎麼說

多麼古怪的想法呀。
What a weird thought.

8.

「多棒的手呀！眞是太棒了！」史瑞克博士讚歎道。

「謝謝。」我笨拙的回答。

我坐在琴凳上，朝鋼琴弓著身子，手指攤開放在琴鍵上。史瑞克博士坐在我身邊，朝下注視著我的雙手。

「現在把這首曲子再彈一遍，」他抬起藍眼睛看著我，吩咐道。接著他的表情轉爲嚴肅，微笑也在白髭鬚下消褪。「仔細的彈，我的孩子。緩慢而仔細，專注在你的手指上，每個指頭都是有生命的，記住——它們都是『活的』！」

「我的手指是有生命的。」我低頭凝視著它們，重複他的話。

多麼古怪的想法呀！

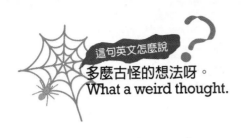

我彈奏著，專注於架在鍵盤上方琴譜的音符上。那是首簡單的旋律，是巴哈的入門曲子。

我覺得聽起來挺不錯的。

「手指！手指！」史瑞克博士喊道。他往鍵盤傾靠過來，臉孔逼近我的臉。「記住，這些指頭是活的！」

這傢伙是怎麼回事？老是叨唸著指頭？

我彈完那首曲子，抬起頭來，看見他皺著眉，臉色沉了下來。

「彈得不錯，傑瑞，」他輕聲說道。「現在讓我們試著彈快一點。」

「我中間那部分彈壞了。」我坦承道。

「你的注意力分散了。」他回道，伸出手來，把我的手指攤開，放在琴鍵上，指示我：「再彈一次，但是要快一點，而且要專注，專注在你的手上。」

我深吸一口氣，再次彈奏那首曲子，但是這回我一開始就彈錯了。

於是我從頭來過，聽起來還不錯，只彈錯了幾個音。

不知道爸媽聽不聽得見。

這句英文怎麼說

也許我們該試試另一首曲子。
Maybe we should try another piece.

突然我想起來，他們出去買雜貨了。

屋子裡只有我和史瑞克博士。

我彈完那首曲子，吁了一口氣，把手擱在膝上。

「還不錯，現在再快一些。」史瑞克博士吩咐我。

「也許我們該試試另一首曲子，」我提議道：「一直彈這曲子有點膩了。」

「這次再快一點，」他說，完全不理會我。「注意手，傑瑞。記得注意手，它們是活的，讓它們呼吸！」

讓它們呼吸？

我低頭看著自己的手，期待它們開口對我說話。

「開始，」史瑞克博士嚴厲的命令我，朝我傾壓過來。「快一點。」

我嘆了口氣，再度彈奏那首乏味的曲調。

「快一點！」老師喊道：「再快一點，傑瑞！」

我彈得更快了些，手指在鍵盤上移動，用力敲著琴鍵。

我想要專注在音符上，但是我彈得太快，眼睛都跟不上了。

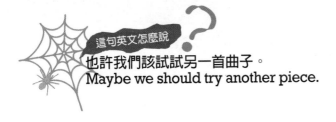

「再快一點！」史瑞克博士盯著鍵盤，興奮的喊著。「就是這樣！再快些，傑瑞！」

我的手指移動得如此快速，都模糊成一片了。

「快一點！再快一點！」

我彈的音符正確嗎？

我無法判斷。音樂太快了，根本聽不清。

「再快一點，傑瑞。」史瑞克博士用最大的音量命令道：「再快一點！你的手是活的！是活生生的！」

「我沒辦法了！」我喊道：「拜託……」

「再快些！再快些！」

「我沒法再快了！」我強調著說。

眞的太快了，快得沒法彈了，也沒法聽見了。

我想要停下來，但手還是繼續彈著。

「停下來！停下來！」我驚駭的朝著它們尖叫。

這句英文怎麼說

我彈的音符正確嗎？
Was I playing the right notes?

「再快些！再彈快一些！」史瑞克博士命令我。他的眼睛因興奮而張大，臉孔漲得通紅。「那手是『活著』的！」

「不——拜託！停下來！」我對我的雙手喊道：「別再彈了！」

但它們「真的」是活的，它們不肯停下來。

我的手指飛掠過琴鍵，一股由音符構成的瘋狂浪潮淹沒了整個起居室。

「快一點！再快一點！」老師命令我。

儘管我驚恐的喊著要它們停下來，但雙手卻樂意聽從他的話，繼續彈奏著，而且越來越快，越來越快。

9.

樂聲越來越急，繞著我迴旋飛舞。

這樂聲令我窒息。

我一邊想著，一邊喘著大氣，我快不能呼吸了。

我掙扎著要止住我的手，但是它們狂亂的掠過琴鍵，彈得越來越快，越來越響。

我的雙手逐漸發疼，陣陣抽痛著。

但是它們仍繼續彈奏著，越來越快，越來越響。

直到我驚醒過來。

我在床上坐了起來，清醒無比。

這句英文怎麼說

現在還是星期五夜裡。
It's still Friday night.

我發現自己的雙手被身子壓住了，兩隻手都刺痛得難受，像是針扎似的痠麻。我的雙手不聽使喚了。

我睡著了，那堂詭異的鋼琴課——原來是一場夢。

一場奇異的噩夢！

「現在還是星期五夜裡。」我大聲說道，好讓聲音幫助我脫離夢境。

我甩甩雙手，想讓血液循環，好中止那種難受的刺痛。

我的額頭冒著汗，是冷汗。我覺得渾身濕冷，睡衣濕答答的黏在背上，突然感到寒冷，打了個冷顫。

忽然間，我意識到鋼琴樂聲並沒有停止。

我倒抽一口氣，緊緊抓住被單，屏住氣息，側耳傾聽。

音符飄進我漆黑的房間裡。

那並不是我夢中狂亂喧囂的音符，而是我先前聽過的緩慢、悲傷旋律。

儘管對嚇人的噩夢餘悸猶存，仍在顫抖的我還是悄悄溜下了床。

樂聲從起居室飄了上來，如此輕柔，又如此悲切。

是誰在下面彈琴？

當我走過冰涼的地板，來到門口時，雙手仍然痠麻著。我站在走廊上，靜靜聆聽著。

樂曲終止了，接著又再開始。

今晚我一定要解開這個謎團。

我的心臟怦怦亂跳，全身都痠麻刺痛著，彷彿有無數小針上上下下扎著我的脊背。

儘管我萬分害怕，但還是快步穿過走廊，來到樓梯口。靠近地板處有盞昏暗的夜燈投射在我身上，影子突然在牆上升起。

我頓時吃了一驚，退縮不前。但是接著我又急急走下樓梯，將身體重量盡可能倚在扶手上，以免階梯發出嘎吱聲。

當我穿過黑暗的客廳時，琴聲更響了。

今晚我絕不讓任何事情阻止我，絕不！

我一定要看見是誰在彈琴。

這句英文怎麼說

今晚我一定要解開這個謎團。
Tonight I am going to solve this mystery.

琴聲持續著，是輕柔的高音，如此輕緩而悲切。

我躡手躡腳的走過飯廳，憋著呼吸，傾聽那樂聲。

我走向起居室的門口，樂聲持續著，又更大聲了些。

還是那首相同的旋律，一次又一次的重複。

我一邊往黑暗中凝視，一邊踏進了起居室。

我踏出一步，再一步……鋼琴距離我只有幾呎遠了。

樂聲是如此的清晰，近在咫尺。

但是我沒看見任何人坐在琴凳上，完全看不見半個人影。

是誰在彈琴呢？

是誰在黑暗中彈奏這首哀傷至極的曲調？

我渾身顫抖，往前踏上一步，接著又是一步。

「誰……是誰在那兒？」我用梗塞的聲音小聲喊道。

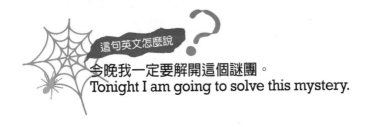

我停下腳步，雙手在腰側緊緊握成拳頭，努力往黑暗中凝視，想看見東西。

琴聲持續著，我聽見手指落在琴鍵上的聲音，還有雙腳在踏板上滑動的窸窣聲。

「是誰在那兒？誰在彈琴？」我的聲音微弱而尖銳。

「沒人」在那兒，我驚恐的意識到這一點。

鋼琴繼續彈奏著，但是「並沒有人」在那兒。

接著，非常緩慢的，就像一朵烏雲在夜空中凝聚一般，那鬼魂現形了。

這句英文怎麼說

那鬼魂現形了。
The ghost began to appear.

10.

起初我只能看見模糊的輪廓，黯淡的灰色線條在黑暗中顫動著。

我倒抽一口氣，心臟跳得好厲害，以爲它就要炸開了。

那灰色的線條逐漸成形，凝聚起來。

我驚駭的僵在當地，嚇得不敢跑開，甚至不敢移開目光。

就在我的注視下，一個女人出現了。我無法判斷她是年輕還是老的，她的頭部低垂，雙眼微閉，全神貫注的彈著鋼琴。

她留著波浪狀的長髮，鬆鬆的垂在肩上，穿著短袖上衣和長裙，臉孔、皮膚和頭髮——全是灰色的，所有的東西都是灰色的。

她繼續彈著琴，彷彿我並不存在似的。

她的眼睛微閉，嘴唇顯露一抹悲傷的微笑。

我覺得她還滿漂亮的。

但她是個鬼，一個在我家起居室彈鋼琴的鬼。

「妳是誰？妳在這兒做什麼？」我被自己高尖緊繃的聲音嚇了一跳。這些話脫口而出，幾乎在我的控制之外。

她停止彈琴，睜開眼睛，目光銳利的凝視、打量著我。她的微笑很快就消褪了，臉上完全不露情緒。

我回望著她，看進那片灰影中，就像是看著一個身處陰鬱濃霧中的人。

樂聲停止後，整個屋子變得好安靜，一種嚇人的安靜。

「妳……妳是誰？」我又問一次，微弱的聲音不住的發顫。

她的灰眼悲傷的瞇了起來。

「這裡是我的家。」她說，聲音是一種乾枯的低語，彷彿落葉一般乾枯，也像死亡一樣乾枯。

「這是我的家。」這些低語彷彿來自遠處，語音如此輕細，我幾乎無法確定

這句英文怎麼說

她的灰眼悲傷的瞇了起來。
Her gray eyes narrowed in sadness.

到底是不是聽見了。

「我……我不明白，」我勉強擠出這些話，感覺有一股寒氣竄過後頸。「妳在這兒做什麼？」

「這是我的家，」耳語般的回答傳了過來。「我的鋼琴。」

「但妳『是誰』呢？」

我又問一次。「妳是鬼嗎？」

當我驚懼的說出這個問題時，她嘆了一口氣。就在我注視著那團灰霧時，我看見她的臉孔逐漸變化。

她閉上眼睛，臉頰垂落下來，灰色的皮膚似乎在脫落、在融化，像是麵糊或稀泥般的垂掛下來，滴在她的肩膀上，滾落在地。接著她的頭髮也跟著脫落，一叢一叢飄落而下。

當她的骷髏顯露出來時，我不禁發出一道無聲的呼喊。

灰色的骷髏……她臉上除了眼珠之外，什麼都沒剩下了。那灰色的眼珠自空洞的眼眶凸出來，穿透黑暗瞪視著我。

「離我的鋼琴遠一點！」

她厲聲說道：「我警告你——別碰它！」

我倒退幾步，躲開那嘶吼著的猙獰骷髏頭，想要倉皇逃走，但是雙腿卻不聽使喚。

接著我跌倒了，膝蓋碰觸到地上。

我掙扎著要站起來，但實在是抖得太厲害了。

「離我的鋼琴遠一點！」那灰色的骷髏頭用它鼓凸的眼珠瞪視著我。

「媽媽！爸爸！」我想要叫喊，卻只發出微弱的聲音。

我手忙腳亂的站了起來，心臟怦怦亂跳，喉嚨也因恐懼而鎖得緊緊的。

「這是我的家！我的鋼琴！滾遠一點！」

「媽！救命呀！爸爸！」

這次我總算喊出聲來。

「爸——媽——救命呀！」

我聽見走廊響起跌跌撞撞的聲音，接著是沉重的腳步聲……這讓我鬆了一

這句英文怎麼說

爸爸率先衝進起居室。
Dad reached the family room first.

口氣。

「傑瑞？傑瑞……你在哪兒？」媽媽喊道。「噢！」

我聽見她撞到飯廳裡的什麼東西。

爸爸率先衝進起居室。

我抓住他的肩膀，指著鋼琴說：「爸爸——你看！有鬼！這兒有鬼！」

11.

爸爸打開電燈。

媽媽一跛一拐的走了進來，還捂著一邊的膝蓋。

我驚懼的指向琴凳，結果——是空的。

「那個鬼魂——我看見她了！」我渾身顫抖的喊道，轉向爸媽說：「你們聽見了嗎？聽見了沒有？」

「傑瑞，鎮定一點。」爸爸用手按著我顫抖的肩膀。「鎮定一點，沒事了，一切都沒事了。」

「但是你們瞧見她了嗎？」我追問。「她就坐在那兒，彈著鋼琴，然後……」

「噢，我的膝蓋好痛，」媽媽呻吟道，「我撞到了茶几，噢……」

這句英文怎麼說

我們坐下來談談吧。
Let's sit down and talk about this.

「她的皮膚脫落下來，眼珠從骷髏頭中鼓出來！」我對他們說。我無法將那猙獰的骷髏頭趕出腦海，仍然能夠看見她，彷彿她的影像已經烙印在我眼底似的。

「沒人在那兒，」爸爸抓著我的肩膀，輕聲說道：「瞧見了嗎？半個人影也沒有。」

「你作噩夢了嗎？」媽媽一邊問，一邊彎下腰來揉膝蓋。

「這不是個噩夢！」我尖叫道，「我看見她了，眞的看見了，她還跟我說話呢！她對我說這是她的鋼琴、她的屋子。」

「我們坐下來談談吧，」媽媽提議，「你想來杯熱可可嗎？」

「你們不相信我——是不是？」我氣憤的喊道：「我說的都是實話！」

「我們並不眞的相信有鬼，」爸爸靜靜的說。他領著我走向靠牆的紅色皮沙發，在我身旁坐了下來。媽媽打著呵欠，跟著我們過來，坐在柔軟的沙發扶手上。

「你並不相信眞的有鬼吧？傑瑞。」媽媽問道。

「我現在信了！」我喊道。「你們爲什麼不聽我說話？我聽見她在彈鋼琴，我走下樓來，看見了她。她是個女鬼，全身都是灰色的，接著她的臉皮剝落下來，露出了骷髏頭，接著……接著……」

我看見媽媽對爸爸使了個眼色。

他們爲什麼不相信我？

「有個女同事介紹我一位大夫，」媽媽輕聲說道，並伸出手來握住我的手。「是一位很好的醫生，專門輔導青少年。我記得他是傅萊大夫。」

「什麼？妳是說心理醫生嗎？」我尖聲喊道：「妳以爲我瘋了嗎？」

「不，當然不是。」媽媽趕緊回答，仍然握著我的手。「我想可能是什麼事情讓你很焦慮，傑瑞，我認爲去跟什麼人談談應該沒有害處。」

「你在緊張些什麼呢？傑瑞，」爸爸問道，同時拉了拉他的睡衣領子。「是因爲搬到新家嗎？還是上新的學校？」

「是不是因爲鋼琴課呢？」媽媽問，「你是在擔心鋼琴課嗎？」

她瞥了瞥鋼琴，那架鋼琴在吊燈的光線下閃著幽黑的光芒。

「不，我並不擔心鋼琴課……」我語帶不快的咕噥著。「我跟你們說了——我是在擔心鬼魂！」

這句英文怎麼說

有什麼事情讓你作噩夢。
Something is giving you bad dreams.

「我會幫你預約傅萊大夫，」媽媽靜靜的說，「跟他談談鬼魂的事，傑瑞。我敢說他一定可以解釋得比我跟你爸爸更好。」

「我並沒有發瘋。」我低聲咕噥。

「有什麼事情讓你不安，讓你作噩夢，這位大夫將能爲你找出原因。」爸爸說完，打了個哈欠，站起身來伸伸懶腰。「我得去睡會兒覺了。」

「我也是。」媽媽說著鬆開我的手，從沙發扶手上起身。「你覺得現在能去睡覺了嗎？傑瑞。」

我搖搖頭，低聲說道：「我不知道。」

「你要我們陪你回房嗎？」她問。

「我又不是小娃娃！」我喊道，覺得好生氣、好挫敗，想要尖叫再尖叫，直到他們相信我說的話。

「那麼晚安了，傑瑞，」爸爸說，「明天是星期六，所以你可以晚些起床。」

「喔，是呀。」我咕噥著。

「如果你又作噩夢，就叫醒我們。」媽媽說道。

爸爸關上電燈。他們穿過走廊，走向臥房。

我橫過客廳，來到前面的樓梯口。

我太生氣了，想要捶些東西，或是踹些什麼東西，而且我感到大受羞辱。

但是當我在黑暗中爬著嘎吱作響的樓梯時，憤怒忽然轉成了恐懼。

那女鬼消失在起居室中，要是她在我樓上的房間等我怎麼辦？

萬一我走進房間，卻看見噁心的灰色骷髏頭在我床上，用它那凸起的眼珠瞪著我，那該怎麼辦？

我慢慢沿著走廊走回房間，地板在我的腳下嘎吱呻吟，我突然覺得渾身發冷，喉頭一緊，費勁的呼吸著。

她在那兒，她在那兒等著我。

我知道……我知道她在那兒。

但如果我尖叫起來，大喊救命，爸媽只會以爲我瘋了。

那鬼魂究竟想怎樣？

她爲什麼每天晚上彈鋼琴？爲什麼要嚇唬我？還要我滾遠一點？

這句英文怎麼說？

她為什麼每天晚上彈鋼琴？
Why does she play the piano every night?

這些問題在我腦海中翻攪，我無法解答。我太疲倦、也太害怕了，根本無法清楚思考。

我在房門口遲疑了一會兒，粗重的喘著氣。

接著，我扶著牆壁，鼓起勇氣踏進房間。

當我走進黑暗中，那鬼魂從我床前冒了出來。

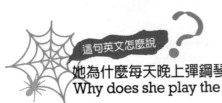

12.

我發出一聲梗塞的呼喊，搖搖晃晃的退回門口。

緊接著，我意識到原來我盯著的是自己的被單。我一定是在作那個關於史瑞克博士的噩夢時，把它給踢下床腳的。

被單堆成一團，在地板上鼓了起來。

我的心臟怦怦直跳，悄悄走回去抓起毯子和被單，把它們拉回床上。

也許我眞的有些秀逗了！

但是不可能……

我向自己保證。

或許我很害怕、很挫敗、很生氣，但是我的確看見我所碰到的東西了。

這句英文怎麼說

也許我真的有些秀逗了！
Maybe I am cracking up!

我顫抖著爬上床鋪，把被單拉到下巴處，接著閉上眼睛，想要將那灰色骷髏頭的醜陋畫面趕出腦海。

當我終於快要進入夢鄉時，又聽見鋼琴聲了。

史瑞克博士第二天下午兩點準時到來。爸媽正在車庫裡拆箱，我接過史瑞克博士的外套，領他進入起居室。

這天很冷，外頭還颳著大風，像是要下雪了。史瑞克博士的臉頰凍得紅紅的，配上他的白髮和白鬍鬚，還有寬鬆白襯衫底下的圓鼓肚皮，他比任何時候都更像聖誕老人了。

他搓著自己粗短的雙手來取暖，並示意我在鋼琴凳上坐下。

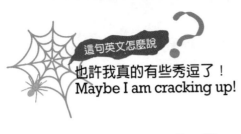

「真是一架漂亮的樂器，」他興高采烈的說，一隻手劃過黑得發亮的琴蓋。「能有這麼一架鋼琴等著你，你可真是個幸運的孩子。」

「我想是吧。」我毫不起勁的回答。

我一直睡到十一點才起床，但我還是很疲倦，無法將那女鬼和她的警告甩在腦後。

「你有練習彈音符嗎？」史瑞克博士一邊問，一邊倚向鋼琴，翻著練習本。

「練了一會兒。」我對他說。

「讓我看看你學會了些什麼。這兒，」他動手把我的指頭擺在琴鍵上。「記得嗎？是從這兒開始的。」

我彈奏音階。

「好棒的手，」史瑞克博士微笑著說：「請繼續重複的彈。」

課程進行得很順利，他不斷對我說我彈得多麼棒，雖然我只彈了單音和簡單的音階。

或許我「真的」有些天份。

我問他我什麼時候才能學些搖滾曲子。

他不知何故咯咯笑了起來。

「在合適的時候。」他回答，盯著我的手。

我聽見爸媽從廚房的門進來，幾秒鐘後，媽媽出現在起居室裡，搓著她穿著

這句英文怎麼說

我想就要下雪了。
I think it's going to snow.

毛衣的手臂。

「外頭眞的冷起來了，」她對史瑞克博士微笑，說道：「我想就要下雪了。」

「這裡頭又暖和又舒服。」他也朝媽媽微笑道。

「課上得怎麼樣？」媽媽問他。

「非常好，」史瑞克博士朝我眨眨眼，對她說：「我認爲傑瑞很有潛力，想讓他開始到我的學校上課。」

「這眞是太好了！」媽媽喊道，「您眞的認爲他有天份嗎？」

「他有一雙很棒的手。」史瑞克博士回答。

他的語氣中有些什麼東西，讓我打了個冷顫。

「你們學校有教搖滾樂嗎？」我問。

他拍拍我的肩膀。「我們各種音樂都教。我的學校很大，而且有很多很好的老師。我們有各種年齡的學生，你星期五放學後可以過來嗎？」

「這時間可以。」媽媽說。

史瑞克博士走過房間，遞給媽媽一張名片。「這是我學校的地址，不過它是在城鎮的另一頭。」

「這沒問題，」媽媽仔細讀著名片說：「我星期五比較早下班，可以開車載他去。」

「那我們今天的課就上到這兒，傑瑞。」史瑞克博士說：「練習那些新教的音符，我們星期五見。」

他跟著我媽走到客廳。

我聽見他們小聲的交談，卻聽不清楚在談些什麼。

我站了起來，走到窗前。

已經下雪了。

大大的雪片密密的下著，雪花漸漸堆積了起來。

我凝視著後院，想著新歌珊這兒不知有沒有適合滑雪橇的山丘，又想著我們的雪橇不曉得拆封了沒有。

當我聽見鋼琴突然彈奏起來時，不禁喊了出來。

那是又響又刺耳的噪音，像是有人用沉重的拳頭憤怒的捶著琴鍵似的。

這句英文怎麼說

那我們今天的課就上到這兒。
That will end our lesson for today.

砰！砰！砰！

「傑瑞——快別彈了！」媽媽從客廳那兒大喊。

「不是我呀！」我喊道。

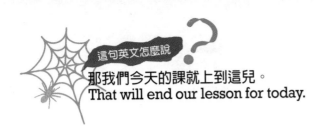

13.

傅萊大夫的辦公室跟我所想像心理醫生的診療室不太一樣，它窄小而明亮，牆壁漆成黃色，到處掛著鸚鵡、大嘴鳥，還有其他鳥類的彩色圖片。

他並沒有一張黑色的皮沙發，像是電視和電影中的心理治療師那樣，取而代之的，是兩張看起來很柔軟的綠色扶手椅。他甚至連張書桌也沒有，就只有兩張椅子。

我在一張椅子上坐下，他則坐另一張。

傅萊大夫比我想像中年輕得多，看起來比我爸爸還年輕。他有著捲曲的紅髮，大概是用某種髮膠或什麼的梳得光溜溜的，臉上還長滿了雀斑。

他看起來一點也不像個心理醫生。

這句英文怎麼說

他看起來一點也不像個心理醫生。
He just didn't look like a psychiatrist at all.

「跟我說說你們的新房子。」他說道，雙腿交疊，長長的筆記本擱在腿上，並端詳著我。

「那是棟很大的老房子。」我對他說，「就這樣。」

他要我描述我的房間，我便照做了。

接著我們談到以前的房子和我的老房間，還談起老家的朋友，又聊到我的新學校。

一開始我覺得有些緊張，但他人似乎還不壞，不僅仔細聆聽我所說的每一件事，而且不會做出奇怪的表情，好像我是瘋子或什麼的——即使當我對他說起鬼魂的事情時。

當我告訴他深夜響起的鋼琴聲時，他快速的做了些筆記。當我告訴他我看見鬼魂，而她的頭髮和臉皮是如何剝落，又是如何向我尖叫、要我滾遠一點時，他停下了筆。

「我的父母不相信我。」我捏著椅子柔軟的扶手說道，手在流汗。

「這是個相當奇特的故事，」傅萊大夫回答：「如果你是你的爸爸或媽媽，而你的孩子告訴你這麼一個故事，你會相信嗎？」

「當然會，」我說，「如果是眞的話。」

他咬著橡皮擦，凝視著我。

「你認爲我瘋了嗎？」我問道。

他放下筆記本，並沒有因爲這個問題而發笑。

「不，我並不認爲你瘋了，傑瑞。但是人類的心靈有時是很奇怪的……」

他開始長篇大論，講述我們有時是如何害怕某件事情，但是我們不願對自己承認我們害怕，於是我們的心靈就會做出各種各樣的事情，顯示內心的恐懼，即使我們不斷告訴自己我們並不害怕。

換句話說，他也不相信我。

「搬進一間新屋子會帶來各式各樣的壓力，」他說，「我們可能會想像自己看見什麼，或是聽見了什麼——這樣我們就不必對自己承認其實是在害怕什麼。」

「那琴聲並不是我想像出來的，」我說，「我能夠哼出那首曲調給你聽。那

這句英文怎麼說

你認為我瘋了嗎？
Do you think I'm crazy?

個女鬼也不是我想像出來的，我能夠確切描述她的樣子。」

「這個留到下星期再談吧，」他說著站了起來，「我們的時間到了，但在下次見面之前，我想先向你保證你的腦袋是完全正常的，你並沒有發瘋，傑瑞，你一秒鐘也不該這麼想。」

他和我握手。

「你會明白的，」他說著爲我打開了門，「當我們把鬼魂背後的眞相發掘出來，你一定會訝異萬分的。」

我喃喃道謝，走出他的辦公室。

我走過空蕩蕩的候診室，來到了走廊上。

接著，我感覺到那鬼魂冰冷的雙手緊緊掐住我的脖子。

14.

那股陰森森的冷氣竄過我整個身軀。

我驚呼一聲，猛地一縮，轉身面對她。

「媽！」我喊道，聲音尖銳而微細。

「抱歉我的手這麼冰。」她平靜的回答，絲毫不知道她差點把我嚇死。

「外頭冷得要命，你沒聽見我喊你嗎？」

「沒有。」我對她說。我的脖子仍在刺痛，於是用手摩擦它，好把寒氣驅走。

「我……嗯……我正在想事情，而且……」

「喔，我不是有意要嚇你的。」她說著領我穿過小小的停車場，來到她的車旁。她停下腳步，從袋中掏出車鑰匙。

這句英文怎麼說

我不是有意要嚇你的。
I didn't mean to scare you.

「你和傅萊大夫聊得還好嗎？」

「還好啦。」我說。

當我爬進車裡時，突然意識到那幽靈已經把我嚇得魂不守舍了，現在我走到哪兒都會看見她。

我一定得鎮定下來，我必須如此。

我得停止想像那鬼魂跟隨著我。

但要怎樣才能做到呢？

星期五放學後，媽媽開車載我到史瑞克博士的學校。

這是個陰沉寒冷的日子，車子行駛期間，我看著自己的氣息在車窗上凝成薄霧。前一天下了雪，馬路仍然結著冰，十分滑溜。

「希望我們不會遲到。」媽媽焦躁的說。我們在紅綠燈前停了下來，她用戴著手套的手背擦拭面前的擋風玻璃。「我不敢開得比這更快了。」

所有的車輛都在龜速前進。我們經過一群孩子，他們正在前院堆砌雪堡，一個臉蛋紅撲撲的小孩哭了起來，因爲其他的孩子不讓他加入。

「這學校簡直已經位在鄰鎮了嘛，」媽媽說。我們的車子往十字路口打滑，媽媽用力踩著煞車。「眞不知道史瑞克博士幹嘛要把學校開在這種鳥不生蛋的地方。」

「我也不知道。」我沒精打采的說，感覺有點緊張。「妳想史瑞克博士會親自指導我嗎？還是會有別的老師來教我？」

媽媽聳聳肩。她倚向方向盤，努力要透過凝著霧氣的擋風玻璃看出去。最後，我們轉上了學校所在的那條路。我往外凝視著那排陰暗老舊的房屋，房舍後方沒入樹林，光禿禿的樹枝從白色的雪毯下歪歪斜斜的伸展出來。

樹林的另一邊矗立著一棟磚造建築，一半隱藏在高高的籬笆後面。

「這一定就是學校了，」媽媽把車子停在路中央，向上凝視著這棟老舊建築物，說道：「也沒個招牌什麼的，但它是幾條街之內唯一的建築。」

「看起來好詭異哦。」我說道。

她瞇著眼睛自擋風玻璃望出去，把車子駛上一條狹窄的碎石子車道，這小路

這句英文怎麼說

我要去買點東西弄晚飯。
I'm going to go pick up something for dinner.

幾乎完全被積雪的高籬遮蔽住了。

「妳確定是這兒嗎？」我問，並用手擦擦車窗，清出一塊面積，透過它向外望去。

這棟老舊建築與其說是學校，倒更像是一座監獄。一樓上方有幾排小窗，上頭全都裝著鐵條。濃密的藤蔓覆蓋著建築物的前方，使它看起來甚至比實際更陰暗了。

「我很確定。」媽媽咬著嘴唇說道。她搖下車窗，探出頭去，向上凝視著巨大的老舊房舍。

鋼琴的樂聲飄進車廂，單音、音階和曲調全都混雜在一塊。

「是啦，我們找到了！」媽媽開心的說，「走吧，傑瑞，快點，你已經遲到了。我要去買點東西弄晚飯，一小時後再來接你。」

我推開車門，踏上積雪的車道。當我邁步跑向樓房時，靴子在腳下嘎吱作響。

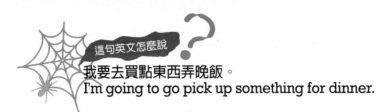

鋼琴聲更響了。音階和樂曲摻雜在一起，混成一團震耳欲聾的噪音。

一條狹窄的走道通往大門的門階。走道上的雪還沒鏟過，積雪底下結了一層冰，當我接近入口時，突然腳下一滑，險些跌倒。

我停下腳步，朝上方凝視。

它看起來比較像是一棟鬼屋，而非音樂學校。

想到這裡，我打了個冷顫。

我爲什麼會有如此沉重的恐懼感呢？

只是因爲緊張吧……

我聳聳肩，驅走恐懼的感覺，轉動冰冷的黃銅門把，推開沉重的大門。

門嘎嘎吱吱的慢慢敞開，我深吸一口氣，踏進門裡。

這句英文怎麼說

我為什麼會有如此沉重的恐懼感呢？
Why did I have such a heavy feeling of dread?

15.

一道狹長的走廊在我面前延伸著，裡頭暗得令人吃驚。從明亮的白色雪地中進來，我的眼睛費了好一番功夫才適應過來。

牆上鋪著暗色的壁磚，我的靴子在堅硬的地板上發出砰砰的聲響。鋼琴的音符在走廊中迴盪著，樂聲似乎是從四面八方迸出來的。

史瑞克博士的辦公室在哪兒？

我沿著走廊往下走，光線變得更黯淡了。接著轉進另一條長廊，鋼琴樂聲更響了。

這條長廊兩側是一排排深褐色的門，門上有著圓形的小窗。我一邊繼續往前走，一邊朝窗子裡頭瞥看。

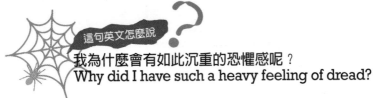

在每個房間裡，我看見面帶微笑的指導老師，腦袋隨著鋼琴的節奏擺動著。

我經過一扇又一扇的門，尋找史瑞克博士的辦公室。每間房裡都有一個學生和一位指導老師，鋼琴的聲音混成了一團轟響，像是一股音樂的波濤拍擊在暗色的磚牆上。

史瑞克博士的學生眞多呀，一定有一百架鋼琴同時在彈奏。

我又轉過一個角落，接著又是一個。

突然間，我意識到自己已經完全失去方向感，不知道身在何處，就算我想回頭從前門出去，也找不到路了。

「史瑞克博士，你在哪兒？」我喃喃自語道。

我的聲音被淹沒在澎湃的鋼琴聲中，那聲音不斷在牆壁和低矮的天花板之間迴響。

我覺得有點害怕。

要是這些陰暗的長廊永遠延伸下去怎麼辦？

我想像自己一輩子都找不到出路，只是走呀走呀，耳邊始終響著震耳欲聾的

這句英文怎麼說

別再自己嚇自己了。
Stop scaring yourself.

琴聲。

「傑瑞，別再自己嚇自己了！」我大聲說道。

某樣東西吸引了我的目光，我停下腳步，朝上凝視著天花板，一架黑色的小攝影機架在我的頭頂。

它看來像是監控攝影機，就像你在銀行或超商看見的那種保全攝影機一樣。

有人在某處的電視螢幕上監看著我嗎？

如果有的話，他們爲什麼不來帶我去找史瑞克博士？

我生氣了。

這算是哪門子學校？沒有標示、沒有辦公室、也沒人出來招呼。

當我又轉過一個角落，聽見一種奇特的撞擊聲。

起初我以爲那只是從某間練習室傳來的鋼琴聲，但那聲音越來越響，越來越近。我站在走廊中央，側耳聆聽。在撞擊聲之上，又響起一種尖銳的嗚聲。

越來越響，越來越響……地板似乎都在震動。

正當我往黑暗的走廊凝望時，一個巨大的怪獸轉過屋角，它四方形的龐大身軀在幽暗的燈光下閃閃發光，彷彿是金屬做的，長方形的頭顱不斷晃動，就快要碰到天花板了。

它的腳爪撞擊在堅硬的地板上，朝我進攻過來；腦袋兩側的眼睛閃著憤怒的紅光。

「不！」我用力吞嚥著口水，大聲喊道。

它尖號一聲作爲回應，接著低下閃閃發光的頭顱，像是準備開戰。

我急忙轉身，決定溜之大吉。

但令我大吃一驚的是，我一轉過身，就看見了史瑞克博士。

他就站在離我幾碼遠的走廊上，看著那頭巨大的怪獸朝我逼近，臉上露出滿意的笑容。

這句英文怎麼說

你跑到這麼後頭幹什麼呀？
What are you doing all the way back here?

16.

我倒抽一口氣，猛然止步。

在我身後，那怪物正發出憤怒的號聲，踏著笨重的腳步逼近過來。

而我前面則是史瑞克博士，他的眼中閃爍著興奮的光芒，擋住我的去路。

我喊出聲來，等著被後面那頭閃著銀光的怪物抓住。

但是它卻停了下來，頓時一片寂靜。

怪物金屬腳爪的沉重撞擊聲消失，尖銳的號聲也中止了。

「哈囉，傑瑞，」史瑞克博士仍然咧嘴笑著，平靜的說：「你跑到這麼後頭幹什麼呀？」

我粗重的喘著氣，指著那頭怪物。此刻，它靜靜地站在那兒瞪視著我。

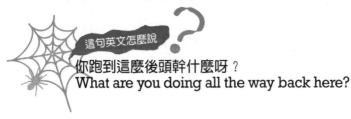

「我……我……」

「你正在欣賞我們的掃地機嗎？」史瑞克博士問道。

「你們的『什麼』？」我勉強擠出這幾個字。

「我們的掃地機呀，它眞的十分特別。」史瑞克博士說道。他走過我身邊，把一隻手搭在那玩意兒胸前。

「這……這是一部機器？」我結結巴巴的說。

他笑了起來。「你不會以爲它是活的吧？」

我只是瞠目結舌的看著它。我仍驚魂未定，無法說話。

「這是我們的工友塔戈先生爲我們製造的，」史瑞克博士撫摩著它金屬製的方形前胸，說道：「它的性能絕佳，神奇極了。塔戈先生什麼東西都造得出來，他是個天才，眞正的天才。」

「它……它爲什麼還有一張臉？」我問，仍然畏縮在牆邊。「爲什麼它要有一雙會發亮的眼睛？」

「這只是塔戈先生的幽默感，」史瑞克博士咯咯的笑著回答：「那些攝影機

這句英文怎麼說

我仍驚魂未定，無法說話。
I was still too freaked out to speak.

也是他架設的。」

他指著裝在天花板上的監控攝影機。

「塔戈先生是個機械天才，要是沒有他，我們就什麼事也沒法做了，真的。」

我不情願的上前幾步，近距離觀看那台掃地機。

「我……我找不到你的辦公室，」我對史瑞克博士說，「只好一直走一直走……」

「我很抱歉，」他很快地回答：「我們開始上課，來吧。」

他領著我，朝我來時的方向走去。史瑞克博士走姿僵硬，但很迅速，在大肚皮前面，白襯衫從褲腰中鬆脫出來，兩手僵硬的擺動著。

我覺得自己好蠢，居然會被一台掃地機嚇個半死！

他推開一扇裝著圓窗的褐色門，我跟在後面走了進去。我快速環顧四周，這是間正方形的小房間，天花板上裝著兩排日光燈，屋裡沒有窗戶。

裡頭僅有的家具，是一架棕色的直立式小鋼琴、一張狹窄的琴凳，還有一個樂譜架。

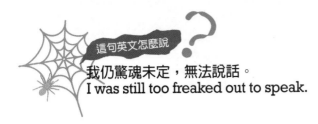

史瑞克博士示意我在琴凳上坐下，我們開始上課。他站在我身後，小心翼翼的把我的手指擺在琴鍵上，儘管我早就會了。

我們練習幾個音符。我彈了「C」和「D」，又試了「E」和「F」。他教我第一組和弦，並要我一遍又一遍的彈著音階。

「太棒了！」在一小時的課程快要結束時，他稱讚道：「彈得太棒了，傑瑞，我非常滿意。」

他那酷似聖誕老公公的臉頰在白鬍鬚底下漲得通紅。

我緊緊擰著雙手，想要除去抽搐的感覺。

「接下來還是你教我嗎？」我問道。

他點點頭。

「是呀，基礎的課程由我來指導，當你的手做好準備時，我就會把你交給一位很好的老師。」

「當我的手做好準備？」

這究竟是什麼意思？

這句英文怎麼說

怎樣才能走到前門？
How do I get to the front?

「我們來試試這首短曲，」他說著伸手到我前頭，翻著樂譜。「現在，這首曲子只有三個音符，但是你必須注意那些四分音符和二分音符。你記得二分音符是多長嗎？」

我在鋼琴上彈了出來，之後試著彈奏那首短曲。我彈得相當不錯，只錯了幾個地方。

「棒極了！棒極了！」史瑞克博士稱讚道。

當我彈琴的時候，他始終盯著我的雙手。接下來，他看了看手錶。

「我想我們時間到了，下週五見，傑瑞。記得要練習我教你的東西。」

我向他道謝，站了起來。

很高興這堂課結束了，要如此集中注意力真的很累，我兩隻手都在流汗，其中一隻手仍然有點抽搐的感覺。

我往門口走去，不一會兒又停下來問道：「我該走哪個方向？怎樣才能走到前門？」

史瑞克博士忙著整理用過的講義，正把它們塞回琴譜中。

「只管往左走就是了，」他頭也不抬的回道：「你不會找不到的。」

我說了再見，接著踏進黑暗的走廊中，隆隆轟響的鋼琴音符，立刻攻擊著我的耳膜。

其他的課還沒結束嗎？

爲什麼明明下課時間到了，他們還彈個不停呢？

我左瞧瞧右望望，確定沒有掃地機等著向我進攻，再遵照史瑞克博士的指示向左轉，沿著走廊往大門走去。

當我經過一扇又一扇的門，我看見每個房間裡都有一位笑容可掬的老師，隨著鋼琴的節奏搖頭晃腦。

我發現，這些教室裡的學生程度大都比我好，他們都不是在練習音符和音階，而是在彈奏又長又複雜的曲子。

我再次向左轉，抵達走廊盡頭時，我又左轉一次。

過了好一會兒，我才發現自己又迷路了。

我是不是在哪兒忘了左轉？

這句英文怎麼說

走廊上為什麼沒有半個人呢？

Why wasn't anyone else in the hall?

這些兩側有著成排褐色門的黑暗走廊，看起來全都一模一樣。

我再次向左轉，心臟怦怦亂跳。

走廊上爲什麼沒有半個人呢？

在我前方有兩扇對開的推門，我斷定這兩道門一定可以通往前門的出口。

於是我急切的走向那兩道門，正要伸手推開它之際，一雙強而有力的手從背後抓住了我，一個粗啞的聲音在我耳邊厲聲說道：「不，你不能進去！」

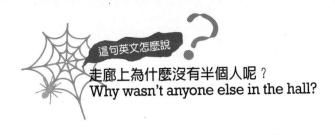

17.

「啊——」我驚呼一聲。

那雙手將我向後一拉，再放開我的肩膀。

兩道推門又彈回原位。我轉過身來，看見一個高瘦結實的男人——他留著散亂的黑色長髮和佈滿鬍渣的黑鬚，身穿黃色T恤，上頭罩著連身牛仔工作服。

「不是那條路，」他輕聲說道，「你在找前門吧？是在那兒。」

他指著左邊的那條走廊。

「噢，抱歉，」我氣喘吁吁的說，「你……你嚇了我一跳。」

那人向我道歉。

「我帶你去前門。」他搔搔長滿鬍渣的臉頰，提議道：「我自我介紹一下，

這句英文怎麼說

我自我介紹一下。
Allow me to introduce myself.

我叫塔戈。」

「噢……嗨，我是傑瑞．霍金斯，史瑞克博士跟我提起過你，我……我看過你的掃地機。」

他露出笑容，漆黑的眼珠像燃燒的煤炭般發出亮光。

「它很美，對不對？我還有其他幾個類似的作品，有些甚至更好呢！」

「史瑞克博士說你是個機械天才。」我欽佩的說。

塔戈先生咯咯笑了起來。

「是呀，我設定了程式要他這麼說。」他開玩笑的說，我們兩個都笑了起來。

「下次你來學校時，我讓你看看我其他的發明。」塔戈先生一邊提議，一邊調整他瘦削肩膀上的工作服肩帶。

「謝謝。」我回答。大門就在前面，我從來沒這麼高興看見一道門。「我相信自己很快就能搞清楚這兒的方向了。」

他似乎沒聽見我的話。

「史瑞克博士跟我說你有一雙很棒的手，」他說道，短硬的黑鬍鬚底下浮現一抹奇異的微笑。「這就是我們這兒要找的東西，傑瑞。這是我們最需要的。」

我感到有些尷尬，向他說了聲謝謝。我是說，當別人讚美你有雙很棒的手時，你該說些什麼呢？

我推開沉重的大門，看見媽媽正在車上等我。

「晚安！」我一面喊道，一面急急跑出校門，奔進飄雪的夜色中。

晚飯後，爸媽堅持要我表演在鋼琴課學到了些什麼。

我眞的很不願意，因爲我只學了那首簡單的曲子，而且還無法彈得完美。

但是他們強迫我走進起居室，要我坐在鋼琴凳上。

「如果我得繼續付錢讓你上課，我想聽聽你在學些什麼。」爸爸說道。他挨著媽媽坐在沙發上，面對鋼琴的背面。

「我們只試彈一首曲子，」我說道：「你們不能等我學多一點再聽嗎？」

「快彈吧！」爸爸命令我。

我嘆了口氣。

這句英文怎麼說

我們只試彈一首曲子。
We only tried one song.

「我的手有點抽筋。」

「好了，傑瑞，別找藉口了，」媽媽不耐煩的斥責我：「快彈就是了，好嗎？我們今晚就不會再煩你了。」

「那學校看起來怎麼樣？」爸爸問媽媽，「它在城鎮的那一頭，是不是？」

「它其實已經出了鎮上了，」媽媽對他說：「那是間非常老舊的房子，事實上還有點破敗，但是傑瑞告訴我裡頭還不錯。」

「不，我沒這麼說，」我打斷她說：「我只說它很大，沒說它不錯。我還在走廊裡迷路兩次！」

爸爸笑了起來。

「看來你遺傳到你媽的方向感！」

媽媽開玩笑的推了爸爸一把。

「快彈那首曲子吧。」她對我說。

我在樂譜裡找到那首曲子，把琴譜架在面前。接著，我把手指在琴鍵上擺好，準備彈奏。

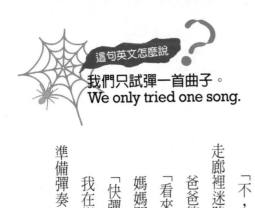

但是在我彈出第一個音符之前，鋼琴卻爆出一陣轟炸般的低音，聽起來就像是有人用兩隻拳頭猛敲琴鍵。

「傑瑞——住手！」媽媽大聲說道：「吵死人了！」

「這不可能是你學到的東西吧！」爸爸也說。

我把手指重新放好位置，開始彈奏。

但是鋼琴又響起一陣可怕的轟響，把我的音符都淹沒了。

聽起來就像是有個小孩使盡全力在琴鍵上亂敲、亂捶。

「傑瑞——拜託一下！」媽媽摀住耳朵喊道。

「但這不是我彈的呀！」我尖叫道，「不是我！」

這句英文怎麼說

她想證明什麼？
What was she trying to prove?

18.

他們不相信我。

而且，他們生氣了，責怪我做什麼事都不認眞，並叫我上樓回房。

其實我很高興能夠離開起居室，遠離那架有鬼的鋼琴。我知道是誰在敲打琴鍵，搞出那些噪音——是那個女鬼幹的。

爲什麼呢？她想證明什麼？

她打算對我怎樣？

我無法回答這些問題……直到……

接下來的週五午後，塔戈先生實現了他的諾言。

媽媽放我下車後，我看見他來到學校門口招呼我。他領著我穿過曲折的走廊，來到一間巨大的工廠。

塔戈先生的工廠有一間禮堂那麼大，寬闊的屋子裡堆滿了機器和電子設備。

一頭金屬做的巨大雙頭怪物——至少有上個禮拜嚇壞我的那台掃地機的三倍高——矗立在工場中央，旁邊環繞著錄音機、成堆的電動馬達、一箱箱工具和奇形怪狀的零件、錄影設備、一堆腳踏車輪胎、幾個裡頭空無一物的鋼琴框架、鳥獸籠子，還有一輛拆掉座椅的舊車。

有一整面牆似乎就是個控制板，上頭裝著超過一打的電視螢幕，全都是開著的，顯示著學校裡各個教室上課的情形。

螢幕周圍是數千個刻度盤和旋鈕，還有不停閃動的紅綠色燈光，以及喇叭和麥克風。

控制板下方是一排櫃架，延伸到整面牆那麼長，上頭少說有十幾部電腦，所有的電腦似乎都是開著的。

「哇！」我讚嘆道，視線不停在一件件驚人的東西上轉來轉去。「真是令人

這句英文怎麼說

我總是想辦法讓自己忙碌。
I find ways to keep busy.

難以置信！」

塔戈先生咯咯笑著，深色的眼睛亮了起來。

「我總是想辦法讓自己忙碌。」他說著領我走到大屋子裡較不凌亂的一角。

「我讓你看些特製的樂器。」

他走到對面牆邊、一排灰色的金屬高架旁，從一個架子裡取出幾件東西，又快步走回來。

「你知道這是什麼嗎？傑瑞。」他舉起一個閃亮的黃銅樂器，上頭還連著某種箱子。

「這是薩克斯風？」我猜道。

「這是一支很特別的薩克斯風，」他露齒而笑，說道：「瞧見了嗎？它連接著這個裝著壓縮空氣的箱子，這樣你就不必往裡頭吹氣，只需專注在指頭上就行了。」

「哇！這真的很正點。」

「吶，戴上這個。」塔戈先生對我說，同時將一頂褐色皮帽套到我頭上。那帽子後邊伸出幾條細長的電線，連接在一個小小的鍵盤上。

「這是什麼？」我一邊問，一邊調整耳朵上的帽子。

「眨眨眼睛。」塔戈先生吩咐我。

我照他所說眨眨眼，鍵盤隨即發出一聲和音。我把眼珠由右向左轉，它又奏出另一組和弦；我眨眨一隻眼睛，它就發出一個音符。

「它完全是用眼睛控制的，」塔戈先生驕傲的說，「完全不需要動手。」

「哇啊！」我又喊了一聲。

我不知道還能說什麼，這玩意兒眞是太神奇了！

塔戈先生抬眼瞥了瞥控制板那面牆上的時鐘。

「你上課要遲到了，傑瑞。史瑞克博士一定在等你了，告訴他這都怪我，好嗎？」

「嗯，謝謝你讓我看這所有的東西。」

他笑了起來。「我並沒有讓你看『所有』的東西，」他開玩笑的說，「還有更多呢。」

這句英文怎麼說

它完全是用眼睛控制的。
It's completely eye-controlled.

他搓搓佈滿殘根的鬍髭。

「不過到時候你全都會看到的。」

我再次向他道謝，快步往門口走去。已經將近四點一刻了，希望史瑞克博士不會生氣我遲到了十五分鐘。

正當我小跑步穿過這座巨大的工場時，差點撞到一排深色的金屬櫃子。那排櫃子緊緊關著，還上了鎖。

我正要閃避那些櫃子，卻突然聽見一個聲音。

「救命！」一個微弱的聲音喊道。

我在鐵櫃旁邊停下腳步，仔細傾聽。

接著我又聽見小小的聲音，非常細微的——

「救命呀，求求你！」

19.

「塔戈先生，那是什麼？」我喊道。

他正在擺弄那頂褐色皮帽上的電線，這時他慢慢抬起頭來。

「你是指『什麼』呀？」

「那個聲音……」我指著鐵櫃對他說：「我聽見有人發出聲音。」

他皺皺眉頭。

「那只是些壞掉的機器。」他含糊的說，接著又將注意力轉回那些電線上頭。

「什麼？壞掉的機器？」我不敢確定自己有沒有聽錯。

「是呀，只是損壞的機器罷了。」他不耐煩的說。「你最好趕緊走吧，傑瑞，史瑞克博士一定在納悶你上哪兒去了。」

這句英文怎麼說

那只是些壞掉的機器。
It's just damaged equipment.

我又再次聽見呼救聲。那是人的聲音，非常虛弱而微細。

「救救我——拜託！」

我遲疑著，塔戈先生則不悅的盯著我。

我別無選擇，只好轉身跑出房間，可是微弱的聲音仍縈繞在我耳際。

星期六下午，我出門去鏟車道上的積雪。

前一天晚上下雪了，積雪只有一、兩吋深。現在是個晴朗的冬日，頭頂是一片亮麗的藍天。

在這樣爽朗的空氣中活動、活動，讓我感到很舒暢，所有的東西似乎都如此清新、乾淨。

當我來到車道尾端，就要把積雪鏟完時，手臂卻痠疼起來。這時我看見了金，她正踏出她媽媽的黑色本田車，手上還提著小提琴盒。我猜她剛剛下課回來。

我在學校遇見過她幾次，但是，自從那天她在走廊上從我身邊跑開後，我們就沒有好好談過話了。

「嘿！」我從對街喊道，人倚在雪鏟上，有點上氣不接下氣。「嗨！」

她把琴盒交給母親，朝我揮揮手，接著小跑步向我奔來，黑色的高筒靴在雪地上嘎吱作響。

「你還好吧？」她問道：「好漂亮的雪，嗯？」

我點點頭。

「是呀，妳想鏟鏟看嗎？我還剩下人行道沒鏟。」

她笑了起來。

「不，謝了。」她的笑聲高亮清脆，就像是銀鈴的叮噹聲。

「妳剛上完小提琴課嗎？」我仍然倚在鏟子上。

「嗯，我正在練一首巴哈的曲子，滿難的。」

「妳超越我了，」我對她說：「我多半都還在練習音符和音階。」

她的微笑消褪了，神情變得若有所思。

我們聊了一會兒學校的事，我問她想不想進來喝點熱巧克力什麼的。

這句英文怎麼說

我正在練一首巴哈的曲子。
I'm working on a Bach piece.

「那人行道怎麼辦？」她指著那兒說：「你不是還得把它鏟乾淨嗎？」

「如果我不留一些給爸爸鏟，他一定會很失望的。」我打趣道。

媽媽在兩只白色大馬克杯裡倒滿熱巧克力，我照例又在喝第一口的時候燙著了舌頭。

金和我坐在起居室裡，她坐在鋼琴凳上，輕輕敲著幾個琴鍵。

「聲音真的很好，」她說道，臉色變得凝重。「比我媽媽的鋼琴要好。」

「妳那天下午爲什麼跑開？」我脫口問道。

自從發生那件事後，我就一直耿耿於懷。我必須知道答案。

她垂下眼睛，看著琴鍵，假裝沒聽見我的話。

於是我又問了一遍。

「妳爲什麼那樣跑走？金。」

「我不是跑走，」她終於回答了，但仍躲避著我的目光。「我上課就要遲到了，如此而已。」

我把馬克杯放在茶几上，傾身靠在沙發扶手上。

「當時我對妳說我要去史瑞克學校上鋼琴課，記得嗎？妳臉上露出奇怪的表情，接著就跑掉了。」

金嘆了一口氣，把白色馬克杯擱在膝上，我看見她用兩隻手緊緊握著杯子。

「傑瑞，我眞的不想談這個，」她輕聲說道：「這太……太恐怖了。」

「恐怖？」我說。

「你不知道關於史瑞克學校的故事嗎？」她問道。

這句英文怎麼說

是怎樣的事情？
What kinds of things?

20.

我笑了起來。

我不確定是爲什麼，也許是金臉上嚴肅的表情。

「故事？什麼樣的故事？」

「我眞的不想告訴你。」她喝了一口熱巧克力，又把馬克杯放回膝上。

「我才剛搬來這兒，記得嗎？」我對她說，「所以我沒聽過任何故事。故事是怎麼說的？」

「是關於學校的事。」她低聲咕噥著，下了鋼琴凳，一手拿著馬克杯，走到窗前。

「是怎樣的事情？」我追問道。「拜託啦，金……告訴我吧！」

「嗯……像是那兒有妖怪，」她凝視著窗外，望著我家積雪的後院。「真正的妖怪，住在地下室裡。」

「妖怪？」我笑了起來。

金轉過身來。

「這不好笑。」她不悅的說。

「我已經見過那妖怪啦！」我搖搖頭，對她說道。

她的臉霎時佈滿詫異的神色。

「你說什麼？」

「我見過那妖怪了，」我又說了一遍。「那只是掃地機罷了。」

「什麼？」她張大嘴巴，差點把熱巧克力灑在毛衣前襟。「掃地機？」

「是呀，那是塔戈先生製造的。他在那所學校工作，是個機械天才，製造了各式各樣的東西。」

「但是……」她開口想再說什麼。

「我頭一天上課就看見一架掃地機，」我繼續說，「還以爲那是什麼怪物。

這句英文怎麼說

我見過那妖怪了。
I've seen the monsters.

它會發出奇怪的咻咻聲，朝我直衝過來，差點把我嚇得魂都沒了！但它其實只是塔戈先生的掃地機。」

金歪著頭，若有所思的凝視著我。

「嗯，你知道故事都是怎樣開始的，」她說道：「我也知道它們可能不是真的，也許全都有像這樣的簡單解釋。」

「全都？」我問道：「還有別的嗎？」

「嗯……」她遲疑著。「有傳言說孩子們進入學校上課，就再也沒有出來過，他們全都消失了，就像空氣般消失了。」

「無稽之談。」我說。

「是呀，我猜是吧。」她立刻表示贊同。

接著，我想起從鐵櫃中傳出的微弱聲音——呼喊救命的聲音。

那一定也是塔戈先生的某種發明，一定是的。

那是壞掉的機器——他是這麼說的，而且對此似乎一點也不覺得激動或有任何不安。

「恐怖故事的起源往往是很可笑的。」金說著走回琴凳旁邊。

「嗯，那所鋼琴學校的建築的確很舊、很陰森，」我說，「看起來眞的很像鬼屋，我想這或許就是某些故事產生的原因吧。」

「或許。」她同意道。

「那所學校並沒有鬧鬼，但是這架鋼琴卻有鬼！」我對她說。

我不知道自己爲什麼會說出這些話，我從未跟任何人提起過那個女鬼和鋼琴，因爲我知道沒有人會相信我的。

金吃了一驚，瞪眼看著鋼琴。

「這架鋼琴有鬼？這是什麼意思？你怎麼知道？」

「每到深夜，我常常會聽見有人在彈琴……是個女人，我還親眼見過她一次。」

金笑了起來。

「你是唬我的吧，是不是？」

我搖搖頭。

這句英文怎麼說

那所學校並沒有鬧鬼。
The school isn't haunted.

「不，我是說眞的。金，我見過那個女鬼，在深夜裡，她不斷重複的彈奏同一首悲傷的曲調。」

「傑瑞，拜託一下！」金翻翻白眼，要我別鬧了。

「那女鬼還跟我說話，她的皮膚剝落下來，那……那眞的好恐怖，金，她的臉孔不見了，底下的骷髏頭瞪視著我，而且她還警告我滾遠一點，永遠滾開。」

我感到一陣寒意。

這幾天我已經設法將這幕恐怖的景象趕出腦海，但是現在，就在我對金講述這件事時，它又全都回來了。

金咧嘴大笑。

「你說故事比我在行多了，」她說道：「你知道很多鬼故事嗎？」

「這不是故事！」我喊道。突然間，我極其渴望她能相信我。

金正要開口回答，但是我媽媽把頭探進起居室，打斷了她。

「金，妳媽剛剛打電話來，要妳馬上回家。」

「我想我得走了。」金說著放下她的馬克杯。

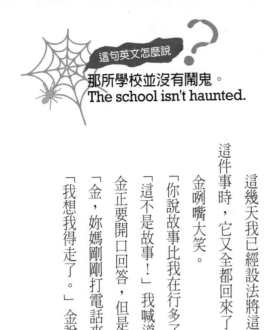

我跟著她出去。

我們才剛來到起居室門口，鋼琴便突然彈奏了起來，那是一堆奇異而混亂的音符。

「妳聽見了嗎？」我興奮的對金喊道：「聽見了嗎？現在妳相信了吧？」

這句英文怎麼說

我倆同時回頭，盯著那架鋼琴。
We both turned back to stare at the piano.

21.

我倆同時回頭，盯著那架鋼琴。

只見邦克斯正昂首闊步地走在琴鍵上，尾巴豎得高高的。金笑了起來。

「傑瑞，你眞有趣，我幾乎信以爲眞了！」

「但、但是……」我氣急敗壞的說。

這隻蠢貓又讓我出了一次糗。

「學校見囉，我喜歡你的鬼故事。」

「謝謝。」我無力的回道。接著衝進屋裡，把邦克斯趕下鋼琴。

那天深夜，我又聽見琴聲了。

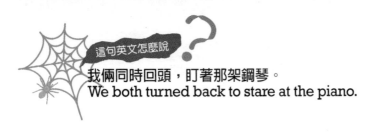

我直挺挺的從床上坐起身來，天花板上的陰影似乎正隨著樂聲搖曳。

我睡得很淺、很不安，而且一定在睡夢中把被單踢掉了，因爲它們全都堆在床腳。

現在，聆聽著那熟悉的緩慢旋律，我完全清醒了。

那並不是邦克斯在踩琴鍵，而是那個女鬼。

我站起身來，地板一片冰涼。在臥室窗外，我看見寒冬凋零的樹木在勁風中顫抖。

當我悄悄走到臥房門口，那琴聲變得更響了。

我該下樓去嗎？

女鬼會在我把頭探進起居室的那一瞬間消失嗎？

我眞的想要看見她嗎？

我可不想再看見那齜牙咧嘴的猙獰骷髏頭。

但我知道不能光是站在門口。我無法回床上去，不能聽而不聞。

我非得一探究竟不可。

這句英文怎麼說

我非得一探究竟不可。
I had to go investigate.

就像被一條無形的繩索牽引一般，我又被拉到了樓下。

或許這次爸媽也會聽見。當我穿過走廊時，心裡這麼想著。

或許他們會看見她，而終於相信我說的話。

當我走下嘎吱作響的樓梯時，金的影像浮現在我腦海。她以為這個鬼故事是我編出來的，以為我只是想逗她。

但是我家裡真的有個鬼，有個鬼在彈我的鋼琴，而我是唯一知道的人。

我走進了客廳，踏過老舊的地毯，來到飯廳。

那音樂如此輕柔、如此幽幽的飄動著。

這樣陰氣森森的音樂……

我在快走到起居室門口時遲疑了。

她會在我探頭窺探的那一剎那消失嗎？

她在「等著」我嗎？

我深吸一口氣，往起居室踏進一步。

22.

她垂著頭，長髮飄散在臉上，我無法看見她的眼睛。

那琴音似乎在我身旁迴旋，儘管我十分害怕，卻仍將我越拉越近。

我的腿在顫抖著，但卻向前踏上一步，接著又是一步。

她全身灰濛濛的，在窗外透進來的黑暗夜色背景下，呈現深深淺淺的灰影。

她的腦袋隨著音樂的節奏不住的搖擺晃動，當她的手臂在琴鍵上方移動，上衣的袖口也隨之飛揚起來。

我無法看見她的眼睛，也無法看見她的臉孔。她的長髮遮蓋著她，彷彿是將她藏在一道簾幕之後。

那樂聲高亢起來，如此的悲傷，如此難以置信的悲切。

這句英文怎麼說

我突然意識到自己忘了呼吸。
I suddenly realized I had forgotten to breathe.

我又踏近一步，突然意識到自己忘了呼吸，於是便大聲吁了一口氣。

她停止彈奏。

也許是我的呼吸聲讓她警覺到我在這兒。

當她抬起頭來，我看見她黯淡的眼睛透過散髮朝我凝視著。

我一動也不動，屏住呼吸，沒有發出半點聲息。

「那些故事是眞的。」她低聲說道。那是一種乾澀的低語，彷彿從極遙遠的地方傳來。

我不確定自己有沒有聽錯。我想要說些什麼，但是聲音卡在喉嚨裡，完全發不出來。

「那些故事是眞的。」她又說了一次，聲音薄如空氣，只是氣流的斷斷聲。

我目瞪口呆的看著她。

「什……什麼故事？」我終於努力擠出聲音。

「關於那間學校的故事，」她回道，頭髮散落在臉上，手臂從琴鍵上緩緩抬起，嗚咽著說：「它們是眞的，那些故事是眞的。」

她朝著我舉起手臂。

我張口結舌，驚駭的瞪著她的手臂，脫口喊叫出來，接著瞬間感到窒息。

只見她的手臂末端被截去了——她沒有手！

這句英文怎麼說

我無法置信的看著他。
I stared at him in disbelief.

23.

接下來我知道的是，媽媽把我摟在懷裡。

「傑瑞，冷靜下來，傑瑞，沒事了。」她不斷的重複著。

「啊？媽媽？」

我大口喘著氣，胸口劇烈起伏著，雙腿抖個不停。

「媽媽，她到哪兒去了？她怎麼……」

我抬頭看見爸爸站在幾呎遠的地方，透過眼鏡瞇著眼睛看我，雙手交抱在睡袍胸前。

「傑瑞，你的尖叫聲大得足以把全鎮的人都吵醒了！」

我無法置信的看著他，甚至不知道自己尖叫了。

「現在沒事了，」媽媽寬慰的說，「沒事了，傑瑞，你現在沒事了。」

我沒事了？

再一次，我的眼前浮現那女鬼的影像，她全身灰濛濛的，頭髮散落下來，在臉孔前形成一道簾幕；再一次，我看見她抬起雙臂給我看；再一次，我看見她那原本應該有著手掌的可怕殘肢。

還有，我再一次聽見她乾澀的低語：「那些故事是眞的。」

她爲什麼會沒有手？爲什麼……

沒了手，她怎麼還能彈鋼琴呢？

她爲什麼要糾纏著我的鋼琴？爲什麼要嚇唬我？

這些問題如此快速的在我腦海中旋轉，我想要尖叫、尖叫、再尖叫，但我已經叫不出聲了。

「你媽和我都睡得正熟，你把我們嚇個半死，」爸爸說道：「我從來沒聽過那樣的慘叫。」

我不記得自己在尖叫，也不記得那鬼魂是如何消失，或是爸媽如何衝進來。

這句英文怎麼說

你把我們嚇個半死。
You scared us to death.

那一幕太過恐怖，我猜我的腦袋整個關機了。

「我去沖些熱巧克力給你，」媽媽說道，仍然緊緊摟著我。「試著別再發抖了。」

「我……我正在努力呀。」我結結巴巴的說。

「我猜他又作噩夢了，」我聽見爸爸對媽媽說：「一定是個很逼真的夢。」

「那不是噩夢！」我尖叫道。

「抱歉。」爸爸趕緊說道，他並不想讓我又激動起來。

但是太遲了，甚至在我意識到它發生之前，我再度尖叫起來：

「我不要彈琴了！把它搬走！把它搬走！」

「傑瑞，拜託……」媽媽請求道，她的臉孔因爲擔憂而緊繃著。

但是我無法停止。

「我不要彈琴了！我不要上鋼琴課！我不要去那間鋼琴學校！我不要！我不要——」

「好啦、好啦！」爸爸也是用喊的，好蓋過我情急的號叫聲。「好了，傑瑞，

沒人會勉強你的。」

「眞的嗎？」我看看爸爸，又看看媽媽，想知道他們是不是認眞的。

「如果你不想上鋼琴課，你可以不必去，」媽媽用一種撫慰的低沉語調說道：「反正你接下來只約了一堂課。」

「是呀，」爸爸趕緊附和：「你星期五去上課時，告訴史瑞克博士你只上到這堂課就行了。」

「但是我不想——」我開口道。

媽媽用手輕輕捂住我的嘴。

「你必須去告訴史瑞克博士，傑瑞。你不能就這麼不去了。」

「星期五去告訴他吧，」爸爸勸道：「你要是不想彈鋼琴就不用彈了，眞的。」

媽媽凝望著我的眼睛。

「這樣你覺得好些了嗎？傑瑞。」

我朝鋼琴瞥了一眼。現在它靜悄悄的，在吊燈黯淡的光線下，幽幽閃著微光。

「嗯，我猜是吧……」我不確定的低語道：「我想我好一些了。」

這句英文怎麼說

你能陪我進去嗎？
Will you come in with me?

週五下午放學後，天氣陰沉而多風，黑暗的雪雲低低的盤旋在頭頂上，媽媽開車載我到鋼琴學校，她把車開進高高籬笆之間的狹長車道，停在那棟陰森老屋門前。

我遲疑著不肯下車。「我可不可以跑進去跟史瑞克博士說我不上了，然後立刻跑出來？」

媽媽朝儀表板上的時鐘瞄了一眼。「再上一堂課吧，傑瑞。不會有害處的，我們學費都已經繳了。」

我不開心的嘆了一口氣。「妳能陪我進去嗎？或者妳能不能在這兒等我？」

媽媽皺了皺眉。「傑瑞，我還得跑三個地方呢。我一小時後就回來，我保證。」

我不情願的推開車門。「再見，媽。」

「如果史瑞克博士問你爲什麼不學了，就告訴他這會影響你學校的功課。」

「知道了，一小時後見。」我說道，關上車門，看著她開車走了，輪胎在碎石子車道上嘎嘎作響。

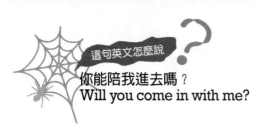

我轉過身來，萬分不情願的走進學校。

當我穿過黑暗的走廊，往史瑞克博士的練習室走去時，我的球鞋在地板上發出響亮的砰砰聲。

我邊走邊尋找塔戈先生，卻沒看見他。或許他正在那間巨大的工廠裡研發更驚人的東西。

當我經過練習室時，裡頭照例湧出鋼琴音符混合成的隆隆聲響。透過那些小小的圓窗，我看見微笑的指導老師揮手打著拍子，腦袋隨著學生的琴聲不住搖擺。

當我轉過角落，走進另一條陰暗狹長的走廊時，一個奇異的念頭跳進我的腦海——剎那間，我意識到自己從來沒在走廊上遇見過其他學生。

我隔著琴室窗戶看見指導老師，也聽見學生彈琴的聲音，但卻從未見過其他的學生。

一個也沒有。

我還無暇細想，笑容可掬的史瑞克博士就已經在練習室門口向我招呼。

這句英文怎麼說

這是我最後一堂課了。
This will be my last lesson.

「你今天好嗎？傑瑞。」

「還不錯。」我一邊回答，一邊跟著他走進教室。

他穿著起皺的白襯衫，還用鮮紅色的吊帶繫著寬鬆的灰色長褲，一頭白髮看起來像是好幾天沒梳過了。

他示意我去坐在鋼琴凳上。

我很快的坐下，雙手緊張的交握在膝上。我想要在我們上課之前，趕快把我的台詞講完。

「嗯……史瑞克博士。」

他僵硬地走過窄小的琴室，一直走到我的面前。

「什麼事？我的孩子。」他低頭朝我微笑，聖誕老人般的臉頰紅得發亮。

「嗯……我……這是我最後一堂課了，」我艱難的說著，「我決定……嗯……決定不學了。」

他的微笑消失了，一把抓住我的手腕。

「噢，不，」他壓低聲音，咆哮道：「不，你不能走，傑瑞。」

「啊？」我喊道。

他收緊抓著我手腕的手掌，把我掐得好疼。

「不學了？」他喊道：「有這樣的一雙手，你可不能走。」

他的臉孔扭曲成一種醜陋的怪相，厲聲說道：

「你不能走，傑瑞，我需要這雙漂亮的手！」

這句英文怎麼說

我需要這雙漂亮的手。
I need those beautiful hands.

24.

「放開我！」我大聲尖叫。

他不理會我的叫嚷，反而越抓越緊，眼神威脅似的瞇了起來。

「多棒的手呀……」他喃喃說道：「太棒了！」

「不要！」

我尖叫著，把手腕掙脫開來，緊接著從鋼琴凳上跳起，拔腿跑向門口。

「回來，傑瑞！」

史瑞克博士怒吼道：「你不能走！」

他踏著大步朝我追來，步伐僵硬，但卻不斷逼近。

我推開門，衝進走廊，轟轟的鋼琴聲迎接著我的耳朵，那黑暗的長廊照例空

無一人。

「回來，傑瑞！」史瑞克博士大喊著，他就在我身後。

「不！」我又驚呼一聲。

我遲疑了一下，思考著要走哪一條路，到底是哪一條路通往大門。接著我低下頭來，拔腿狂奔。

球鞋在堅硬的地板上砰砰作響，我使盡全力疾奔著，這輩子從來沒跑得這麼快過。那些練習室變成一團模糊的暗影，從我身旁呼嘯閃過。

但是出乎意料的是，史瑞克博士始終緊追在後。

「回來，傑瑞……」他喊道，聲音聽起來甚至一點也不喘。「回來，你逃不出我的手掌心的。」

我往後一瞥，看見他正逐漸逼近中。

我可以感覺到一股恐懼湧向喉頭，梗住了我的呼吸。我雙腿痠痛，心臟狂跳，胸膛像是要炸開似的。

我轉過一個角落，往另一條長廊狂奔而去。

這句英文怎麼說

它們是通往大門的嗎？
Did they lead to the front?

這是在哪兒？我是朝著大門的方向嗎？

我無法判斷，這條黑暗的走廊看起來和其他的一模一樣。

或許史瑞克博士說的沒錯，我眞的逃不掉……

我轉過另一個角落，感覺血液衝到太陽穴，湧動不已。

我想找到塔戈先生，或許他能救我。但是走廊上一片空蕩，鋼琴聲從每個房間傾瀉出來，但卻沒有半個人走出門外。

「回來，傑瑞！逃跑是沒有用的！」

「塔戈先生！」我尖叫道，聲音又啞又喘。「塔戈先生——救命呀！救救我！救命呀！」

我又跑過一個轉角，球鞋在打磨光滑的地板上一溜。我用力吸著氣，胸口劇烈起伏，喘息不已。

我看見前方有兩扇對開的推門。

它們是通往大門的嗎？

我記不得了。

我低哼一聲，伸出雙手，把門推開。

「不！」我聽見史瑞克博士在我身後叫喊。

「不，傑瑞！別進演奏廳！」

可是來不及了。

我破門而入，衝進裡頭，停不下腳步，發現自己置身於一間燈火通明的巨大廳堂。

我又跑了幾步，接著驚恐地穩住腳步。

鋼琴聲震耳欲聾，就像是陣陣永不休止的雷鳴。

起初，這房間看來一片模糊，接著慢慢聚焦，變得清晰起來。

我看見一排又一排的黑色鋼琴，每架鋼琴旁邊都站著一位面帶微笑的指導老師，他們全都長得一模一樣，全都隨著音樂的節奏搖頭晃腦。

而演奏音樂的是……

彈著鋼琴的是……

我倒抽一口氣，一排一排地望過去。

這句英文怎麼說

別進演奏廳！
Don't go into the recital hall!

彈奏鋼琴的是——一雙雙的手！

「人的手」飄浮在琴鍵上空。

它們沒有連接在人身上……

只有手！

25.

我的眼光掃過一排又一排的鋼琴，每架鋼琴上都飄浮著一雙手。

那些指導老師全都是穿著灰色西裝的禿頭男子，臉上糊著一副面具般的笑容。隨著在琴鍵上彈奏的手，他們的腦袋左搖右晃，灰色的眼睛開開闔闔。

一雙又一雙的手。

只有手。

正當我目瞪口呆、動彈不得、想要搞清楚眼前的一切時，史瑞克博士緊跟著我衝進了房間，邊跑邊朝我的雙腿俯衝下來，想要攔截我。

我設法閃身避開，躲過他張牙舞爪的魔掌。

他哼了一聲，肚皮著地跌撞在地上。我看著他滑過光溜溜的地板，臉孔因憤

這句英文怎麼說

我失去了平衡，跌倒在地。
I lost my balance and fell.

怒而漲得通紅。

接著我趕緊轉身，遠離那許許多多的手，遠離那隆隆作響的鋼琴，朝門口退去。

但是，史瑞克博士動作敏捷得超乎我的想像。令人意外的是，他只用了一秒鐘就站起來，迅速過來擋住我的去路。

我急忙停住腳步，想要轉過身來，從他身旁逃開。但是我失去了平衡，跌倒在地。

鋼琴的樂聲在我四周迴旋，我抬起頭來，看見一排又一排的手不斷的敲擊著琴鍵。

我驚恐的倒抽一口氣，掙扎著要站起身來。

但是來不及了。

史瑞克博士已經逼近過來，通紅的圓臉露出勝利的得意笑容。

26.

「不！」我大喊，努力想站起身來。

但史瑞克博士俯衝下來，捉住我左腳腳踝，緊握不放。

「你跑不了的，傑瑞。」他不慌不忙的說，甚至連喘氣都不用。

「放開我！讓我走！」我想要扭開他的手掌，但他的力氣大得出人意料，我無法掙脫。

「救命呀！來人呀——救救我！」我喊道，尖叫聲壓過了嘈雜的琴音。

「我需要你的手，傑瑞，」史瑞克博士說道：「多漂亮的手呀！」

「不行，不可以！」我尖叫道。

那兩扇門突然被推開來，塔戈先生奔了進來，他的表情有些困惑，眼睛繞著

這句英文怎麼說

塔戈先生訝異地張大了嘴巴。
Mr. Toggle's mouth dropped open in surprise.

巨大的屋子快速搜尋一圈。

「塔戈先生！」我興奮的喊道：「塔戈先生——快救救我！他發瘋了！救救我！」

塔戈先生訝異的張大了嘴巴。

「別擔心，傑瑞。」他喊道。

「快救我！快——」我大聲尖叫。

「別擔心。」他又說一次。

「傑瑞，你跑不了的！」史瑞克博士喊道，把我按在地板上。

我努力要掙脫開來，同時看見塔戈先生跑到另一頭的牆邊，拉開一道灰色的金屬門，露出某種控制板。

「別擔心！」他對我喊道。

我看見他按下控制板上的某個開關，就在這一瞬間，史瑞克博士的手鬆開了。

我抽出那條腿，手忙腳亂的爬了起來，大口喘著氣。

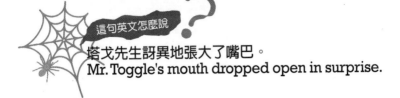

史瑞克博士整個人癱倒成一堆，雙手沒有生命的垂在兩側。他的雙眼緊閉，頭垂下來，下巴貼到了胸口。

他一動也不動。

我驚異的看出——他是某種機器人。

「你沒事吧？傑瑞。」塔戈先生快步跑到我身邊問道。

我突然意識到自己全身都在顫抖。鋼琴聲在我腦袋裡轟響，整個房間旋轉了起來。

我用手摀住耳朵，想要擋住那不斷轟響的噪音。

「讓它們停下來！叫它們停下來！」我喊道。

塔戈先生跑回控制板那兒，按下另一個開關。

音樂停止了，那些手凍結在鍵盤上空，指導老師們也都停止搖晃腦袋。

「機器人……全都是機器人。」我仍然抖個不停，喃喃說道。

塔戈先生快步走回來，深色的眼睛凝視著我。

「你沒事吧？」

這句英文怎麼說

他真是栩栩如生。
He is really lifelike.

「史瑞克博士——他是個機器人！」我用顫抖的微弱嗓音說道。眞希望我能讓膝蓋停止顫抖。

「沒錯，他是我最好的作品，」塔戈先生微笑著，一隻手搭在史瑞克博士肩上，宣告似的說：「他眞是栩栩如生，是不是？」

「他們……他們『全都是』機器人。」我指著那些僵在鋼琴旁邊的指導老師，低聲說道。

塔戈先生點點頭。

「是比較原始的機型，」他仍然倚著史瑞克博士，說道：「他們都不如我這位搭檔——史瑞克博士那麼先進。」

「他們——全都是你做的嗎？」我問道。

塔戈先生笑著點頭。

「每一個都是。」

我無法停止顫抖，並感到暈眩、噁心。

「謝謝你阻止了他，我想史瑞克博士一定是失控了或什麼的。我……我現在得走了。」我虛弱的說著，並朝那兩扇推門走去，強迫自己顫抖的膝蓋合作一點。

「還不行呢。」塔戈先生輕輕把手搭在我肩上說道。

「啊？」我轉過身來面對著他。

「你還不能走，」他臉上的微笑消褪了，「我需要你的手，你知道的。」

「什麼？」

他指著靠牆的一架鋼琴，一位穿著灰西裝的老師僵直不動的站在旁邊，笑容凍結在臉上，但是琴鍵上方卻沒有懸著一雙手。

「那將會是『你的』鋼琴，傑瑞。」塔戈先生說。

這句英文怎麼說

你為什麼要我的手？

Why do you need my hands?

27.

我一步一步退向門口。

「爲……爲什麼？」我結結巴巴的說，「你爲什麼要我的手？」

「人類的手掌是很難製作的，太複雜了，零件也太多了。」塔戈先生回答。

他一手搔著自己粗短的黑鬍髭，逐漸向我逼近過來。

「但是……」我又退後一步，開口要說話。

「我能讓這些手靈巧地彈奏，」塔戈緊緊盯著我的眼睛，解釋道：「我設計了電腦程式，能讓它們奏出比任何活人所能彈奏的更美妙的音樂，但是我無法製造出手來，必須由學生來提供。」

「但是爲什麼……」我追問道：「你爲什麼要這麼做呢？」

「當然是爲了要奏出美妙的音樂呀！」塔戈先生又踏前一步，回道：「我熱愛美妙的音樂，傑瑞，但是人類會出錯，一旦剔除這些錯誤，音樂就會美妙得多，完美得多了。」

他向我走近一步又一步。

「你能了解的，是不是？」他深色的雙眼燃燒似地望進我的眼睛。

「不！」我尖叫道：「我不了解！你不能拿走我的手，你不能——」

我又向後退了一步，雙腿仍在顫抖。

只要我能衝出這道門，也許就有機會逃走。

也許我能跑得比他快，我能逃出這間瘋狂的學校……這是我僅存的希望。

我凝聚全身的力氣，不理會心臟的狂跳，轉過身來，向門口衝去。

「噢！」當那女鬼出現在我面前時，我不禁大聲驚呼。

我家那個女鬼——彈鋼琴的女鬼。

她向上昇起，除了眼睛發出火焰般的紅光之外，全身都灰濛濛的。她的嘴唇扭曲，糾結成一副醜怪的怒容，朝我飄了過來，擋住通往門口的路。

這句英文怎麼說

現在我無路可逃了。
There's no escape now.

我被困住了……

被困在塔戈先生和女鬼之間。

現在我無路可逃了。

28.

「我警告過你！」那女鬼尖嘯道，一雙眼睛發出憤怒的紅光，「我警告過你的！」

「不，求求妳……」我好不容易喊出梗塞的聲音，舉起雙手擋在身前，想要防衛自己。「求求妳——放過我吧！」

出乎我意料的是，她竟從我身旁飄了過去。

我發現，她正怒目瞪著塔戈先生。

他踉蹌倒退，臉孔因恐懼而緊繃著。

那女鬼抬起雙臂。

「醒來！」她呼號道：「快醒來！」

這句英文怎麼說

男孩和女孩的鬼魂，還有男人和女人。
Ghosts of boys, girls, men, and women.

當她揮舞著手臂，我看見鋼琴四周起了一陣顫動，漸漸凝聚成一片薄霧，一縷縷灰色的煙霧從每架鋼琴中緩緩上昇。

我目瞪口呆的退到門邊，難以相信眼前所見到的景象。

在每架鋼琴旁邊，灰暗的霧氣逐漸凝聚成形。

他們全都是鬼魂！

男孩和女孩的鬼魂，還有男人和女人。

我嚇呆了，目不轉睛的看著他們慢慢昇起，找回自己的手。他們動了動手指，測試一下是否還靈光。

接著，這些鬼魂伸出雙臂，手掌在身前拍動，從鋼琴旁邊飄開，排列成隊，魚貫朝塔戈先生飛去。

「不！走開！走開——」塔戈先生尖叫道。

他轉身想要奪門而逃，卻被我擋住了去路。

鬼魂蜂擁而上，圍住了他。

他們伸手把他拖倒，將他按在地上。

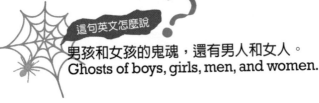

他又踢又喊，不斷的掙扎。

「讓我起來！別壓著我！快走開！」

但是那些手，無可計數的手緊緊的壓著他、按著他，將他的臉孔朝下按在地上。

那灰色的女鬼轉向我。

「我試著警告過你！」她的聲音壓過塔戈先生狂亂的尖叫，喊道：「我曾想要把你嚇跑！我住在你家屋子裡，是被這間學校害死的冤魂！我想要把你嚇走，不要你成爲下一個受害者！」

「我……我……」

「快跑！」她命令我：「快點——快去求救！」

但是我所見的景象太嚇人了，一時動彈不得，僵在當場。

就在我難以置信的注視下，那些鬼魅的手掌蜂擁包圍著塔戈先生，將他抬離了地面。他不住的掙扎、扭動，卻始終無法從鬼魂強而有力的手掌中掙脫出來。

他們將他抬到門口，再抬出門外。

這句英文怎麼說

我試著警告過你！
I tried to warn you!

我跟到門外繼續凝望。

塔戈先生看起來像是飄浮在空中，飄進學校旁邊的密林深處。那些手抬著他遠去，消失在糾結的樹叢中。

我知道，從此再也不會有人看見他了。

我轉過身來，想要謝謝那個女鬼曾經提醒我。

但是她也不見了。

現在只剩下我一個人了。

演奏廳在我身後延伸，沉浸在一片詭異的寂靜中。

令人毛骨悚然的寂靜。

琴聲已然終止……永遠終止了。

幾星期後，我的生活幾乎完全恢復正常了。

爸爸在報上登了廣告，很快就把鋼琴賣給在城鎮另一邊的一戶人家。

起居室因此空出一塊地方，於是爸媽買了一台寬螢幕電視！

從此，我再也沒見過那個女鬼。或許她也跟著鋼琴搬走了，我不知道。

我結交了一些好朋友，逐漸習慣我的新學校，並正在認真考慮參加棒球校隊的選拔。

我並不善於打擊，但卻是個很好的外野手。

人人都誇我有一雙很棒的手。

我跟爸媽開了一個相當惡劣的玩笑。
I played a pretty mean joke on Mom and Dad.

不要耍小聰明。
Don't be such a smart guy.

對工作過敏！
Allergic to work!

但這並不能真的讓我開心起來。
But it didn't really cheer me up.

他們為什麼沒把它帶走？
Why did they leave this behind?

他連半個音符都不會彈。
He can't play a note.

那旋律是如此悲傷，如此緩慢。
The melody was so sad, so slow.

我不知道自己期待看見什麼。
I didn't know what I expected to see.

樓梯上有人。
Someone was on the stairs.

我沒心情開玩笑。
I am in no mood for jokes.

鋼琴課也許會很有趣。
Piano lessons might be fun.

我花了比平時多些的時間來梳理頭髮。
I spent more time on my hair than I usually do.

我屏住呼吸等待著。
I held my breath and waited.

你真的對鋼琴有興趣嗎？
Are you really interested in this piano?

鋼琴沉重地落在地板上。

The piano thudded heavily to the floor.

我想像那一定會很有趣。

I imaged it was going to be fun.

我知道我有個滑稽的名字。

I know I have a funny name.

一開始我會到你家上課。

I'll give you lessons at home at first.

那麼我何時才能開始彈奏搖滾樂呢？

So when can I start playing some rock and roll?

有人在樓下彈我的鋼琴。

Someone is downstairs playing my piano.

他們不好奇嗎？

Aren't they curious?

我的肩膀陣陣抽痛。

My shoulders throbbed with pain.

是誰在彈琴？

Who was playing?

這鋼琴有鬼。

The piano is haunted.

我那只是搞笑的。

I just did that to be funny.

多麼古怪的想法呀。

What a weird thought.

也許我們該試試另一首曲子。

Maybe we should try another piece.

我彈的音符正確嗎？

Was I playing the right notes?

現在還是星期五夜裡。
It's still Friday night.

今晚我一定要解開這個謎團。
Tonight I am going to solve this mystery.

那鬼魂現形了。
The ghost began to appear.

這她的灰眼悲傷的瞇了起來。
Her gray eyes narrowed in sadness.

爸爸率先衝進起居室。
Dad reached the family room first.

我們坐下來談談吧。
Let's sit down and talk about this.

有什麼事情讓你作噩夢。
Something is giving you bad dreams.

她為什麼每天晚上彈鋼琴？
Why does she play the piano every night?

也許我真的有些秀逗了！
Maybe I am cracking up!

我想就要下雪了。
I think it's going to snow.

那我們今天的課就上到這兒。
That will end our lesson for today.

他看起來一點也不像個心理醫生。
He just didn't look like a psychiatrist at all.

你認為我瘋了嗎？
Do you think I'm crazy?

我不是有意要嚇你的。
I didn't mean to scare you.

我要去買點東西弄晚飯。
I'm going to go pick up something for dinner.

我為什麼會有如此沉重的恐懼感呢？
Why did I have such a heavy feeling of dread?

別再自己嚇自己了。
Stop scaring yourself.

你跑到這麼後頭幹什麼呀？
What are you doing all the way back here?

我仍驚魂未定，無法說話。
I was still too freaked out to speak.

怎樣才能走到前門？
How do I get to the front?

走廊上為什麼沒有半個人呢？
Why wasn't anyone else in the hall?

我自我介紹一下。
Allow me to introduce myself.

我們只試彈一首曲子。
We only tried one song.

她想證明什麼？
What was she trying to prove?

我總是想辦法讓自己忙碌。
I find ways to keep busy.

它完全是用眼睛控制的。
It's completely eye-controlled.

那只是些壞掉的機器。
It's just damaged equipment.

我正在練一首巴哈的曲子。
I'm working on a Bach piece.

是怎樣的事情？
What kinds of things?

我見過那妖怪了。
I've seen the monsters.

那所學校並沒有鬧鬼。
The school isn't haunted.

我倆同時回頭，盯著那架鋼琴。
We both turned back to stare at the piano.

我非得一探究竟不可。
I had to go investigate.

我突然意識到自己忘了呼吸。
I suddenly realized I had forgotten to breathe.

我無法置信的看著他。
I stared at him in disbelief.

你把我們嚇個半死。
You scared us to death.

你能陪我進去嗎？
Will you come in with me?

這是我最後一堂課了。
This will be my last lesson.

我需要這雙漂亮的手。
I need those beautiful hands.

它們是通往大門的嗎？
Did they lead to the front?

別進演奏廳！
Don't go into the recital hall!

我失去了平衡，跌倒在地。
I lost my balance and fell.

塔戈先生訝異地張大了嘴巴。

Mr. Toggle's mouth dropped open in surprise.

他真是栩栩如生。

He is really lifelike.

你為什麼要我的手？

Why do you need my hands?

現在我無路可逃了。

There's no escape now.

男孩和女孩的鬼魂，還有男人和女人。

Ghosts of boys, girls, men, and women.

我試著警告過你！

I tried to warn you!

雞皮疙瘩系列 35

鬼鋼琴

原著書名——Piano Lessons Can Be Murder
原出版社——Scholastic Inc.
作　　者——R.L. 史坦恩（R.L.STINE）
譯　　者——孫梅君
責任編輯——劉枚瑛、何若文

國家圖書館出版品預行編目 (CIP) 資料

鬼鋼琴 / R. L. 史坦恩 (R. L. Stine) 著；孫梅君 譯．
-- 2 版．-- 臺北市：商周出版：家庭傳媒城邦分公司發行，
民 105.08 176 面；14.8 x 21 公分．--（雞皮疙瘩系列 ;35）
譯自 :Piano lessons can be murder
ISBN 978-986-477-062-5(平裝)
874.59　　105011344

版　　權——翁靜如、吳亭儀
行銷業務——林彥伶、石一志
總 編 輯——何宜珍
總 經 理——彭之琬
發 行 人——何飛鵬
法律顧問——台英國際商務法律事務所 羅明通律師
出　　版——商周出版
臺北市中山區民生東路二段 141 號 9 樓
電話：(02) 2500-7008 傳真：(02) 2500-7759
E-mail：bwp.service @ cite.com.tw
發　　行——英屬蓋曼群島商家庭傳媒股份有限公司城邦分公司
臺北市中山區民生東路二段 141 號 2 樓
讀者服務專線：0800-020-299 24 小時傳真服務：(02)2517-0999
讀者服務信箱 E-mail：cs @ cite.com.tw
劃撥帳號——19833503 戶名：英屬蓋曼群島商家庭傳媒股份有限公司城邦分公司
訂購服務——書虫股份有限公司客服專線：(02)2500-7718；2500-7719
服務時間：週一至週五上午 09:30-12:00；下午 13:30-17:00
24 小時傳真專線：(02)2500-1990；2500-1991
劃撥帳號：19863813 戶名：書虫股份有限公司
E-mail：service@readingclub.com.tw
香港發行所——城邦（香港）出版集團有限公司
香港 灣仔 駱克道 193 號東超商業中心 1 樓
電話：(852) 2508-6231 傳真：(852) 2578-9337
馬新發行所——城邦（馬新）出版集團
Cité(M) Sdn. Bhd. 41, Jalan Radin Anum,
Bandar Baru Sri Petaling, 57000 Kuala Lumpur, Malaysia.
電話：(603)9057-8822 傳真：(603)9057-6622
商周出版部落格——http://bwp25007008.pixnet.net/blog
行政院新聞局北市業字第 913 號

美術設計——王秀惠
印　　刷——卡樂彩色製版有限公司
經 銷 商——聯合發行股份有限公司 新北市 231 新店區寶橋路 235 巷 6 弄 6 號 2 樓
電話：(02)2917-8022 傳真：(02)2911-0053

■ 2005 年（民 94）01 月初版
■ 2020 年（民 109）06 月 04 日 2 版 2 刷
■ 定價 / 199 元

ISBN 978-986-477-062-5

Printed in Taiwan
城邦讀書花園
www.cite.com.tw

Goosebumps®

Goosebumps®